最美的不是雨天，
而是与你
躲过雨的屋檐

万诗语　主编

中国出版集团
现代出版社

好多事就像雨天打着的伞，你冲进房间就狼狈仓促地把它收起来扔在了一角，那褶皱里仍夹着这夜的雨水。过了很久再撑开，一股发潮的气息扑鼻而来，即使是个晴天，也会让你想起那场遥远的雨。

人生本来就有很多事是徒劳无功的，但我们还是要经历。说不定，这世上最好的感情，就是你喜欢他，他喜欢你，你们却没有在一起。

回忆这东西若是有气味的话，那就是樟脑的香，甜而稳妥，像记得分明的快乐；甜而惆怅，像忘却了的忧愁。

你在我身边也好，在天边也罢，想到有一个你，就觉得整个世界都变得温柔安定。

有时候，你必须要明白，有的人能留在你的心里，但不能留在你的生活里。直到那个人走远，你才知道，他的心是你去过最远的地方。

世界太大还是遇见你，世界太小还是丢了你。我爱你，不光因为你的样子，还因为，和你在一起时，我的样子。

或许我能遇到更好的人，但你仍无时无刻不出现在我的脑海里，像从天倒挂的瀑布，三百六十度的震耳欲聋，除了你，我什么都看不见。

目录

CONTENTS

卷一　说了再见之后，我们再也没见

记忆中飘满你孤独的背影，我用目光怀念你，如流水一般温柔澄明，即使你此行一去不返，未曾将我放在心里，我仍会在流年中，祝福你，想你，就像这世界每天都有一座城市会下雨。

卷 二 你的一瞬，我的一生

一看到你，阳光亮了，夏天亮了，笑容亮了，风景亮了，我亮了。你是我逃不掉的遇见，你是我必经的想念。我想知道，在我们之后，还会不会有更美的故事。你告诉我，有的感情一生只有一次。这样，就很好了。

卷 三 那青春的爱与忧伤

那是一段只有自己才能停靠的时光，那是一片只有自己才能涂染的阴霾。如果回忆有颜色，那应该是闭上眼睛时看到的。伤而清晰，像身边正在发生的时刻。远而不安，像忽略了现在的自己。

卷 四 年少的暗恋时光

忘了是哪一年哪一天，悄悄地在褪色的课桌上刻下字，渺小谨慎，仅此一个。来自于某个人的名字，或与之有关的。然而对心里的这份暗许，却始终守口如瓶。

LOVE

卷 五 还没有来得及发生的爱情

我们在十几岁的年纪穿越四季，穿越荒唐，穿越放学后夕阳笼罩的操场。在童言无忌的时光里，遭遇一场华丽而单薄的牵手。

卷　六　你还记得那个曾为你奋不顾身的人吗

岁月矜持，年华蠢蠢欲动。她路过他，摘下一朵花。他途经她，留下一粒沙。最深的了解，是对方眼中独有的萤火。

前言

FOREWORD

一个人如果没有东西可以回忆，实在是件可怕的事。而绵长回忆里最清晰、最温暖也最伤感的事情，几乎都与青春有关。比如初恋，比如校园，比如此时此地想起来仍会脸红的情书、歌曲、诗句……

曾经年少的我们，爱了就是爱了，我们可以对只见过一面的人一见钟情，也许原因只是阳光下他的笑很温暖，或者他拿笔的时候手指特别好看，又或者他很会打排球。

年轻时的爱情，没有那么多理由，简单而固执。你一定那样用力地爱着他，你对他言听计从，千依百顺，你的卑微在尘埃里开出了花，又枯萎。你爱他到昏天黑地，不管不顾，你爱他到哪怕他朝秦暮楚也依然不肯放手。那些痛爱过的青春岁月里，有欢笑，也有泪水；

有朝气，也有颓废；有甜蜜，也有荒唐。那时候的我们，那样勇敢的心动过，轻易地伤害了别人，也轻易地被别人所伤，最后，在心里留下一条不深不浅的痕迹。

或许你已经拥有了新的爱人以及更好的生活，或许你还在等着命运有一天把她送到你的身边。当你遇到某个熟悉的街角，某个类似的背影，都会让你想起在你年少生命中走过的她，或许你还会淡淡地说一声："哦，她是我的青春。"心里却波澜已起。

时光终究还是推着我们不停前行。不管是青春岁月留下的是美丽的结局、辛酸的离别，或是遗憾的错过，我们终于还是学会怀念以及回忆。

那些偷偷溜走的时光，虽然带走了我们最纯真的年华，但也丰盈了我们的人生，以至于午夜梦回，依然会泪流满面或是甜蜜不已。

当我们将来老去时，青春岁月里的那些故事都会成为永恒的回忆。那些曾经的过往，藏在你心底的人和事，会犹如当初一样鲜活。

谁都年轻过，谁都会老去，关于青春，当一个人不能再拥有的时候，我们唯一能做的就是不要忘记。书中的每一个故事都曾经真真实实地发生在不同人的身上，也许，你也能在这中间找到当年奋不顾身的自己，与你一起，拾一些温暖的记忆和感动。为了填补我们多年来绝口不提青春的留白时光，也为了纪念我们都有过的青春年少，或许你可以在心里对那个念念不忘的人，轻轻说一句：亲爱的，你过得好吗？去告诉他，你仍会祝福他，并用温柔的目光怀念他。

一段爱情，两个人成长。

无论是否能够终老，那么投入地爱过彼此，流过那么多真心的眼泪，我们都长大了，也都不曾辜负那段青春岁月。

真正的放弃一个人是无声无息的，不会把他拉入黑名单，不会删掉他的电话，看到他过得好可以毫不羡慕地点赞，只是你心里清楚地知道，你们不会再热络地聊天到深夜，不会因为他矫情得阴晴不定，当初那么喜欢，现在那么释然，没有犹豫，这段路，只能陪你到这里了。

卷　一

说了再见之后，我们再也没见

记忆中飘满你孤独的背影，我用目光怀念你，如流水一般温柔澄明，即使你此行一去不返，未曾将我放在心里，我仍会在流年中，祝福你，想你，就像这世界每天都有一座城市会下雨。

遥望爱情

也许一个人，老往回忆里走，总是不太好的，可是没有什么办法，
我忘记不了他，也忘记不了那一场风花雪月的故事，
那竟是一场只可远远遥望爱情的故事，却成了我今生最快乐和最不能触碰的回忆。

我一直记得东在当年高三时给我的最后留言：晚云收，淡天一片琉璃；音尘别后，对此应解相思。现在想起来，似乎一切都还在昨日，东就这样微笑地坐在我面前，笑嘻嘻地递给我一颗糖，好傻好傻的样子啊！而时间早已恍惚地滑过了三年了。

三年时间，不是很长，却已经可以改变很多很多了。大学校园里每天都有这样那样缤纷的爱情故事发生，也许是真的认真去爱，也许只不过是一场爱情实习，不知东这三年里，有没有在另一座城市同样易发生故事的校园里，找到了想等的女孩儿了呢？我想是会有了吧！怎么样也不会如我这般，依然是一个来去寂寞的女孩儿。

其实我不是在想等一场只有书本上才可能发生的爱情故事，东记得我吗？他一定记得。但我不是为了等他才寂寞，不是的。

寂寞就是寂寞了，喜欢一个人在高高的教学楼顶看晚云，也喜欢一个人在合欢树下穿梭，偶尔呢也去参加各种各样的活动，却总是有着无法深入的感觉，似乎自己在一个边缘，进不去，也出不来……

我常常独自一个人在去教室时想起东，想起高三自习时他坐在我前边的日子。

也许一个人，老往回忆里走，总是不太好的，可是没有什么办法，我忘记不了他，也忘记不了那一场风花雪月的故事，那竟是一场只可远远遥望爱情的故事，却成了我今生最快乐和最不能触碰的回忆。

东一定还会记得那个坐他后面的女孩儿是怎样地爱在他面前脸红吧，一下子就可以感觉到自己的脸发热了，我想我脸红一定是很傻的模样了，是不呢？我只知道我一定无法隐藏自己心底对东的任何一点心情，无法隐藏一点点。

东总是对我笑，笑得我都不知自己该如何是好，那时候，好恨自己，怎么就那么不知所措呢？他全都看明白了，一定是了。

人的心就像是个玻璃房子，里面撒了花种，爱就像阳光，有一天它突然照进玻璃房子里，然后你的心里就会盛开一朵花。如果你感觉你心里正盛开着一朵花，那就是爱情。

有的人是让你看见更大的世界的，有的人是适合碰杯玩闹无聊消遣的，有的人是让你知道谁能在雨天陪你共撑一把伞的，有的人就是用来说再见的。

那时，教室的窗外，有一棵好大好大的槐花树，纷纷扬扬的花朵就那么样那么样地争着开放。我常常在上着课时就走神儿了，深深吸着花的味儿，感受花样的心情如此的开放。东就在我面前，那时的天空，真的没有一丝云彩，蓝蓝的、远远的、透明的如同我的心情。

还是没有什么能够要求的年龄，因为真的是我还要上大学，我不能老这么这么浪费时间。如果在那时我能大一点，可以明白更多的事情，我也许就不会这样。像这样，在今天和东失去联系，相互在不同的城市里，有着各自的故事，各自的大学，各自的将来……像两条不能重合的平行线，静静地滑过青春的岁月。

先是我开始躲避东的，他还什么都不明白时，我已单纯地想这不过是一场年少的心事，更多的只是友爱吧！而我不能一天不想他，我这样下去真的是要考不上大学的，真的我要是考不上怎么办？我从来没有想过。我想也许等将来，等将来我们会有更好的故事的，而现在，我不能，我真的不能。

我开始躲避东了，自以为就会相安无事，自以为就可以安心为大学努力，那时真是很幼稚。东却什么也不知道，他看见的，感受到的，就只是我的远离。我怎么能说清啊……东什么也没有和我说过，我也没有。

我们以为，对方都明白，明白就心里知道好了，什么承诺也没有，我怎么开口对他说等以后？怎么可以？

高三的日子就这么看着流走，看着槐花树花洋洋洒洒地落了，夏天来了。

东和我，已像是有了天大误会的两个人，再也没有走近过。我想他会明白了，但却不是我想要的明白。他成绩一直不好，可以说，上大学是问题，他是让老师头疼的学生。而我终要远远地走的。他一定以为，是他没有考上大学的能力，我因此远离了他了，是怎样的无法说清的年龄啊！

我们不能说清的，真的不止这些。真的不止。

我常常在晚自习时看着东的后背，莫名的眼就模糊了，可我什么也不敢多想，我只有大学了。以前的自习，是怎样的开心的日子，而我什么也都要刻意去忘记了，放弃原来是很痛苦很痛苦的事情啊！到了今天，想起那时的日日夜夜，我真不知是怎样去形容才真的确切！而我清楚，怎样的言语，都无法描绘那时的心情，所以，我不再试图描述。

喜欢是一种多么自私的感情呢 。最是惧怕分别离开，可我遇到你的第一眼就被这种感情蒙蔽。而最好的爱，是不让你孤单，不想你煎熬，不愿你受难。是无论如何都要知道，你好不好。

很多人如果换一个时间认识，会不会有不同的结局。愿那些没能珍惜的青春和回忆，在经历了成长的阵痛之后，能在心底认真而平静地告别。

是一场预约了失恋的情感，我知道我和东再不可能有以后的故事，不再有。也许一切都没有开始过，而在我心底，早已历经千回百转了。

我不知道东那时是怎样的心情过来的，只知道，真的是没有可能的年少，我们太年轻，太单纯！什么也不懂处理，等到可以处理的年龄，故事却已到了尾声了，一切都已不能回头。

高考前四十天，我的同学录辗转到了东的手里，他留了那句话，下面，是大大的“再见”两个字！写完以后，他就一直趴在台上没有抬头，我没有注意，他什么时候起就真正放弃了大学的，而我知道，他真的放弃了，包括放弃我想和他有的将来。而我什么也不能说，什么也不能做，一说就是错，一做就再让我迷失自己。

还记得高考那天的那场瓢泼大雨，是如何的大，却不知为何一直下到了今时今日？

他和我，在熙熙攘攘的考生里，迎面走来，那是我最后一次见东，他低下头来笑笑，就去看天，那份故做轻松啊！我知道，我一生也无法将这个男孩儿忘记。

在书山题海的缝隙中，爱情，只可以远远遥望。而说不出太多的对与错，我和东的故事，没有结果。

在听说东已补习考上了大学时，我笑了。同学说，你知不知道，他补习的那年，是怎样的拼了命去学，我说，我知道，我真的知道。

又是一年槐树开花时。

还有多少如我们那时的少男少女们？我不知道，我希望不再有了。年少的心事，比任何时候都难承受，也无法说得清。

今天，走在大学校园里，看着周围发生的爱情故事，我就想起高三的自己，和再也没有见过面的东，也许我们应该有一场故事的，比很多人的都浪漫的故事，但没有。没有。

我不后悔，因为没有理由去后悔。在当初我就已经明白了，我们就这样轻轻地走过了高三，如同槐花落地，无声无息。

同学说，你怎么还不谈恋爱呢？在等谁吗？我好想笑，等谁呀？东吗？还是一个不知名字的男孩儿？

其实，我一直在遥望高三的那一段年少时光，那遥望爱情的年少时光，那有着飘飘槐花的时光！尽管只是要遥望的爱情，它依然美好地让我对未来终会经历的爱情故事抱着猜疑。再也没有这样的心情了，它纯的如一张未经渲染的白纸，纯的如白色的槐花儿，一点杂质也没有！以后会还有这样的心情吗？不会了，因为我们都已经长大。

也许一辈子里，爱情放在远远的天边遥望的岁月，还会再到来，还会到来。而年少时光不再了！

白衣飘飘的年龄，槐花满天的记忆。祝福你，和我一起经历年少时光的男孩儿。祝福你们，正经历这么这么纯心情的少男少女们。

(佚名)

那些被错过的幸福

刹那间，我真想令时光停住，好让我回顾自己，回顾失去的年华，
缅怀那个身穿短小连衣裙和瘦窄短衫的小女孩儿……
让我追悔少年时代我心灵的愚钝无知，
它轻易地错过了我一生中本来可以获得的欢乐和幸福！

第一次见她的时候，我正在图书馆的角落里翻寻屠格涅夫的《父与子》。

而她，似乎根本不曾注意我的到来，独自捧着那本陈旧的《茶花女》，眼泪潸潸。

我要找的那本书，与她靠得极近极近，因此，我不得不鼓足勇气，放下一个自卑少年对异性所具有的怯懦，慢慢地向她靠近。最后，踮起脚，以几近歪斜的身姿，取下了那部泛黄的书。

环绕在她周围的淡雅的茉莉清香，也是在那短暂的一瞬间，扑上了我的面颊。我显然有种措手不及的惶恐，狼狈地朝着光亮的出口处

逃窜。许久许久，胸膛里的余悸，都还如旺盛的篝火一般跳动。

此后，我再忘不了那样的一个场景。在昏暗的书架中，一个穿着洁白裙裾的姑娘，为躲避众人的目光，独自倚着几寸日光，读那感人肺腑的《茶花女》。我想，我该为这样的相遇写点什么东西。这样，我便可以凭借倾吐，将这份纠结的情绪，慢慢忘却。

我并不能忘却。尤其是某一次做课间操，心血来潮站到前排，恍然看到她消瘦的身影后，更是难以自拔。她是真瘦了许多，以至于显得有些憔悴。兴许她也发现了这个问题，才不得不穿一身宽大的运动服，以便看起来协调些。

自此，每每喜欢挤在人群后面的我，开始逐渐越到人群前面来。我似乎迷恋上了这样日渐清晰的靠近。直到有一天，我发现自己已经站到第一排去了，已经无法再与她慢慢靠近了，我才猛然有一种莫名的伤悲。

我该把广播体操做得更标准一些，兴许这样她便会注意到我。于是闲暇时，我就对着镜子，一遍一遍地纠正自己的动作。因为动作的规范和娴熟，我成了班里的领操员，不用争分夺秒下楼，也能站在人群的前列。

众目睽睽下的五分钟，逐渐让我变得开朗起来。我不但可以理直气壮地帮助班里的其他同学纠正动作、调整队形，还能面不红、心不跳地与前排女生对视几秒。

她有没有回头看过我，我不知道。兴许是有过的，只是，那偶然的惊鸿一瞥里，定然不会有我这平庸身影的定格。

我想，我该勇敢一点，去告诉她，有一个少年，正苦苦地暗恋着她，并且因为她而逐渐变得勇敢和开朗起来。我一直这么想着，这么盘算着，甚至写好了信，想好了对白，就等待一个四下无人的时机，递交给她。

这辛苦的暗恋陪我走过了少年，让我在三年的高中生涯里，不经意地从人群中剥离出来，褪去青涩的外壳，长满成年的羽翼。

很多年后，无意间读到尤里·纳吉宾的《热妮娅·鲁勉采娃》，被其中一段热情的文字感动得泪眼涟涟。“……刹那间，我真想令时光停住，好让我回顾自己，回顾失去的年华，缅怀那个身穿短小连衣裙和瘦窄短衫的小女孩儿……让我追悔少年时代我心灵的愚钝无知，它轻易地错过了我一生中本来可以获得的欢乐和幸福!”

可这错过的幸福，也曾那么真实地丰满了一个少年的羽翼，让他在无形中变得羞涩而勇敢，茫然又坚定。（佚名）

错过了做你的平凡姑娘

所有爱情都有一个相似的主题——付出。
让我心生悲怜的是，我连为你付出的机会都没有，
所以，我不得不承认，暗恋不是爱情。

你将要结婚的消息，像颗随身携带的定时炸弹让我日夜无法安宁。

我连祝福你都不能够，因我于你只是陌生人，唐突地出现也许会给你带来困扰，即使我们生活在同一座城市，距离三站地铁，四条街，一条长长的人迹罕至的老巷子。

我第一次见你，是在大一迎新晚会上，你大二，受邀来我们学院表演，一群黑衣仔裤的男生中，你在舞台上闪闪发光。演出中途，我跑到走道里接听电话，听母亲在电话里哭诉。我的眼泪忍不住滴滴答答地落下，不知过了多久，有人拍我，我站在黑暗中，你站在手机照

射的光亮里，笑得很温暖。

我断断续续找到关于你的信息，知道你的学院、你的班级、你的宿舍。每天下课，我骑着自行车绕很大的圈从你经常上课的教学楼前经过，再往你住的男生宿舍后的小道上骑。

有次你宿舍的阳台上出现一个人影，我想努力看清是不是你，没注意看路面，连人带车扎进芦苇丛中，脸被刮花了，一个月的时间疤痕才完全消去。

可是心里的疤，顽固得很。我后来再也没有骑车往那一带经过。

第二次见你，你和你的一群朋友，坐在敞篷的车子里招摇地嬉闹。车子从我身边开过时，有人吹了口哨，我知道那口哨绝不是吹给我的，我捧着刚从食堂打过饭的饭盒，很想把脸埋在饭盒里，永不抬头。

第三次见你，在大二平安夜，我看到你，牵着一个姑娘从校道那头走来。那姑娘手里捧着大束的玫瑰，你牵着她走到女生宿舍楼下，你们旁若无人地亲吻起来。

那个吻像一个世纪般漫长。

我在那天晚上暗自衡量我与被你亲吻的姑娘的差距，远得叫人绝望。

大三我去日本做交换生，我下定决心用一年的时间把自己改头换面。半年后，我听说你和那个在女生宿舍楼前亲吻的姑娘分手了，还听说你出了车祸。我在陌生的国度为你揪心。

所有爱情都有一个相似的主题——付出。让我心生悲怜的是，我连为你付出的机会都没有，所以，我不得不承认，暗恋不是爱情。

因为心底萌生出的爱，我决定豁出去一回。

毕业后我去了深圳，其他的城市我看也不看一眼。在深圳的这两年，我感觉我们有时离得很近很近，也许你就在马路那边，我就在马路这边，我们走过很多条相同的街；而我如果可以走到你面前，一定会勇敢地向你自我介绍。

可是，我在害怕什么呢？我害怕一切变得太过真实，好像你自拍照里渐渐发福的脸。

今年年初，你的微博终于更新了。你发布了即将结婚的消息，姑娘普通得不能再普通，笑容很温暖。原来最终，你选择了一个平凡无奇的姑娘。

此刻，我想起电影《壁花少年》里的那句话：你不能只是坐在那里，把所有人的生活看得比自己重，然后把那叫爱。

我有勇气改变自己，却没勇气迈向你一步，这是我最大的失误。

最后，我只想远远地观望你的婚礼和你的新娘，在心里由衷地默念一句：祝你幸福。

暗恋你的莉安。（陈小愚）

败给时间的初恋

那段青春少女的情感，只属于那段青春岁月。
那时候或许也是一种爱吧，只是这场初恋情怀到头来败给了时间，
败给了长大的自己。

临近初中毕业的那个春天，我和一堆女生在运动场边上正肆无忌惮地说笑着。

高中部的几位男生走过，女生们突然就安静了，一位女生在我耳边说，他们都是高中文学社的。我只对一个人留下了印象——他的个子最高，走路的姿势也特别。

学校附近有一个小公园，中考前的日子，我们会到那里去复习。一个阳光灿烂的下午，我坐在一棵枣树下，一个矮个儿的男生蹿过来蹲在我面前问，你叫什么名字？我不知道该说什么，惊奇地看着他，那时候这样搭话是不多见的。他见我不说话，回过头去，对另外的人

说，我问不出来。这时候我才看见他身后的是那个高个儿的男生。他似笑非笑了一下，后来我才知道那是他惯有的表情。

他的样子懒散，脸上带着那个年代、那个年龄特有的一点点玩世不恭，他走过来翻着我摊在地上的课本，不屑地说，小孩儿，还看这些。你手里拿的是什么书？我把封面露给他，那是《基督山恩仇记》。他说，你家里的书？我点头，他又问我，你家里有别的书吗？有没有《约翰·克里斯朵夫》？

后来，很多场景都记忆模糊了，但那天下午的阳光，满眼的绿色，还有他的那件绿色的军装，他说话时滚动的喉结，我一直都记得，毕竟这是我和男生第一次这样说话。

回到家里我便翻箱倒柜找到了他要的书，偷偷藏在书包里。从那天起，我那本带锁的日记里就有了他。我们的交往很简单，我借书给他。

那个年代，家中有藏书的很少见，而我父亲是个爱书的人，家里有不少书。一借一还之间，我们会短短地聊一会儿，说些什么都忘了，只记得每次我都很拘谨，而他总是要找一个角落靠着，懒散的样子，似笑非笑的表情。我不及他肩高，仰视的目光只敢匆匆在他脸上掠过。

那时候，没想过天长地久，没想过牵手，没想过更亲密，只是心中有了这样一个人，在那些莫名的日子里，他是我青春期的莫名情绪——后来做节目时，吴若梅对少男少女说，你爱上的只是你心中的一份青春期的爱情，而那个人他只是一个异性符号。第一次听到时，我点头，心中泛起了久远之前的他。是的，他是一个异性符号，如果那天走过来说话的是其他人，或许，其他人也会停留在我少女的情怀中。

再后来，中考结束，我们约好假期中写信给对方。他的信写得很有意思，文字很拽。他是个热爱文学的少年，字写得也很漂亮，信中几乎全都是读书心得还有一些散碎的不着边际的闲话。每天我就在盼望他的来信中度过。

然而，他的第三封信被妈妈拿到了。妈妈当着我的面拆开信后，脸色凝重，如临大敌。我忘了当时自己是怎样的伤心，总之再也没有接到过他的信。那个假期，我很少再说话，动辄就会流泪，现在想来，似乎像是患了青春期忧郁症。

若干年后，一次回家，我边吃着母亲烹制的香喷喷的早点，边收拾着旧日的物件，翻到了那本日记，看到那一段，哑然失笑。日记中，我用那个年龄胸中最阴郁晦涩的词汇描述着我当时的惆怅心情，倾诉着对他的思念，写着对父母的怨怼，全然想不到，有一天会忘了他。

开学后，我去另外一所学校读高中，偶尔相遇，看到他走在马路的另一侧，却没勇气看他，但几十秒的相遇能让我恍惚一整天。这样的日子过了近一年，他毕业了。

两年后，我参加完高考的那个夏天，回到初中学校探望老师，遇见了当时和他一起的矮个儿男生，那个活跃爱说话的男孩儿。他知道我们之间发生过的事，要拉着我去找他，我拒绝了。我正沉浸在考上大学的快乐中，沉浸在和朋友们的告别中，他在我心中已淡了许多。

故事到这里并没有完结。在广播学院的大学生活，使我的性格渐渐变得开朗，青春期的莫名情绪也早已消散，我拥有了一场真正的恋爱，过去的情感已经模糊了。

毕业后的第四年，我的工作已小有成绩，我相信自己已出落为一个漂亮、自信的女性。然而，在一次探亲假中猝不及防地遇到了他。

那天下午，我跳上一辆小巴，一眼认出了他。他在座位上坐着，眼神从我脸上扫过，没有认出我。我从口袋里找出一张名片，看到我的名字，他惊愕了。

多年后的相遇，这是少女时代的我幻想了上百次的情景，但那一刻，我并没有心跳。我们开始客气地说话，这是我们成年后第一次交谈，却感觉很奇怪，我们是熟识的陌生人。他下车前，问我去哪儿，我说去朋友新开的一家酒吧看朋友，他说那我去找你吧！

在朋友的店里，看到他进来时，我还是很开心的。我们找了个角落坐下，他有些拘谨。我笑着将他介绍给朋友：这是我少女时代的白马王子，我们有十年没见过面了。

我们要了啤酒，谈话间，我发现他蓄着指甲，这是我不能容忍的男孩子的毛病之一。又聊了一会儿，我发现他是那么地愤世嫉俗，说起工作，说起过去的校友，他的不平和怨气更多一些。

年轻的他，似乎已经有了知识分子的怀才不遇。而那时的我，正踌躇满志，无论是生活还是工作，心态很积极。我是敏感的，这么多年我们已然是陌生的，不同的生活状态和环境让我们有了距离，这种距离或许一开始就有。

为了不冷场，我试着和他谈一些他曾经爱读的书，但对此，他已不再感兴趣……

他的脸上还有以前那种似笑非笑的表情，那是曾经在我的少女梦中令我难以释怀的气质，而那天看来，却全然没有了吸引。我们的话渐渐少了，直到告别。

回家的路上，我有些恍惚，我不敢相信，就是这样一个人，曾经那么久地盘踞在我少女的情感中，当时我喜欢的是这样一个人吗？

在我们青春年少情窦初开时，我们是那样容易冲动地喜爱上一位走近自己的异性，或者是因为他的一个微笑，一个眼神，或者是他跃身投篮的精彩片刻，她抚弄发丝的温柔一瞬……吸引我们的可能是那份来自异性的气息，触动我们的可能是那种我们内心衍生出的对异性的向往。

而若干年后，对于爱情，我们就多了一些理性和判断，我们会较为成熟地选择所爱，较为智慧地付出自己的爱。我们会与深爱的人分享生命中的每一刻，彼此分担忧患、同甘共苦，有了“执子之手，与子偕老”的憧憬与决心。

而这一切却是青春情感中乏力担负的。

就是这样，十多年的初恋心结在那场相遇中被解开了。他带给我的欣喜，带给我的痛楚，早已烟消云散。那段青春少女的情感，只属于那段青春岁月，那时候或许也是一种爱吧，只是这场初恋情怀到头来败给了时间，败给了长大的自己。（孙岩）

我们没有在一起

我很庆幸，我们没有在一起，才会有现在各自的平淡安稳。

其实，你不知道吧，我很庆幸，我们没有在一起，才会有现在各自的平淡安稳。

第一次看见他的时候是在去教室的路上，那个时候，刚上大一，满肚子的浪漫幻想，特别是女孩子，总想象着在大学会遇见一个人，陪我们看细水长流。

我们的教室在一块大操场后面，正值夏天，操场周围的铁丝网上缠满了绿绿的藤蔓，我抱着厚厚的书从草丛中走过去，就看见他，穿着白 T 恤，头发刚洗过，湿湿的散发着清香。他就这样走过去，我莫名其妙地脸红了，自觉地停下了脚步，等他走很远之后才深深吐了一口气。到了教室才发现他和我是一个班，经常喜欢坐在最边上或者最后的位置。

于是，那天起，我每天上课就多了一件事情，会偷偷地瞥一眼他在干什么。他在玩手机，他今天上课都没带书，他回答不上来老师的问题。以后的日子，以后的时间，脑袋都被这个男生占得满满的。

慢慢地开始了解到关于他的一切。原来，他已经有女朋友。

偶尔碰见他，身边都站着一个个子高高、收拾得漂漂亮亮的女孩子，而我永远是一种发型——梳不整齐的小马尾，小脸没有一点颜色，穿规规矩矩的衣服，往人堆一站就找不见。他帮她拎着包，朝着我们微微一笑。偷偷进他空间，看到他空间满是女生的照片。关注他的每一个状态，也给他留言，可是他都没有回复过。

后来我成了班上的学习委员，负责大家学习上的事情，接触才多起来。因为要帮他写老师布置的论文，要在考试时给他写一份答案，或者通知他老师要查课，要收资料费。开始有他的短信发到我手机上，虽然只是问问明天有什么课，或者问问我的作业有没有写完，但是我都会高兴很久。

大二那年国庆节，终于在舍友的鼓励下给他发了一条信息：我喜欢你。等了很久，他回了一条：“我在火车上，等我回学校再说。”于是我忐忑不安地等了七天，也等来了他说的那句你还是好好念书吧！我不适合你。

我应该是失恋了，不过也算不上是失恋吧，因为毕竟从始至终都是我一个人在付出感情。

再在教室看见，我都习惯避开他。不过也开始学着把头发梳得很好看，学着穿美美水水的裙子，会想起他让我交作业的样子，总是怕我听不懂，说几遍这个作业要交给谁，直到看着我把作业放在书包里才放心地让我走出教室。

时间是可以抚平这一切的，现在他倒是会主动给我发短信说你好好照顾自己呀，看完就会删掉这些，这样也就够了吧！

至少，以后的时光，我们遇见了，还可以相互微笑；而他，在我的心里，也永远是那个安安静静、笑起来很好看的男生。（朦胧）

年华离去，后会无期

但我记得那个下午的光阴。记得那些路过的树，记得那暴烈的阳光，
阳光下的汗水，我哼出的跑调小曲，记得自己羞红的脸。

事隔多年，我仍然记得那个下午的光阴，它仿佛一块胭脂红，多年之后，仍泛出晶亮的光泽。

我喜欢他。

他的眼睛、眉毛、嘴唇、声音……他的一切，甚至那有些破的球鞋——他是邻班的男生，有着精致的五官和无比动听的声音。

但他要走了，要去当兵，他要飞了。

我再也不能刻意绕到他的班级假装上厕所去看他了，再也不能跟在他自行车后面了……知道这个消息时，我跑到校外的杨树林里放

声大哭。

太阳明晃晃的，热，干，空气中的蝉鸣。无限放大着这种空洞和虚无。我逃课了，决定去看他。

他在很远的小镇上。可我仍然决定去。

这是个大胆而放肆的决定。他并不认识我，我们之间半句话也没说过。

骑上我的破自行车。我奔波于去那个陌生小镇的路上。

的确是陌生的。全是土路，沸腾起来的土扑到我的脸上，和汗水混在一起。刚下过雨的地被太阳暴晒，尘土有莫名其妙的味道，我喜欢这味道，喜欢去看一个人的感觉。

自行车很破，骑一段链子就会掉，我一边挂链子一边哼着不成歌的小调，哼的什么不重要，重要的是我有轻快的芬芳的心情，带着刺激与喜悦。

我这是去看自己喜欢的一个人哪！

日头很毒，我的皮肤都晒烫了，我口渴，但没有卖水的，我只有骑，只有往前走。

我想，我快中暑了。嗓子冒烟，更热了，白衬衣快成了黑的了，一道一道的浮尘和汗水混合在衣服上。

鞋子里也全是土，但我心里是喜气的，又害怕，又心惊胆战，见了他说什么，说我喜欢他？不，我不会说的！我只看他一眼就够了，就看一眼。就一眼！

中途我还迷了路，去了另一个小镇。又打听了几个人才找对，到他的家门口时，天色已晚。

我站在他家门口，手脚冰凉。

悄悄进了院子。看到一个少年的背影。

心里轰的一下。

可是，不是他。

比他矮一些、胖一些，他回过头来，你找谁？他问我。

……我说，我找……我小心地说出他的名字。

我哥去奶奶家了。

我忽然感觉四肢无力，好像要倒下一样，我勉强笑了一下，然后飞奔出来，我跑得很快，骑上自行车疯狂地跑着，好像后面有什么人追我一样。

你是谁呀？你是谁？他弟弟在后面嚷着。

我是谁重要吗？这重要吗？我不能说我是谁，我只知道，我来找他，他不在，他不在呀！

我不知道我哭了多长时间，一边骑一边哭。风来了，吹着我的眼泪，脸上东一道西一道，脏透了，乱透了，我的心里，伤心透了。

自行车扎胎了，我在星光下推着它，一步步地往回走。

半夜里，我回到家，喝了很多凉水。倒在床上，再也不能动了。

后来我发烧，病了几天。我好了，他就走了。

后来的后来，我没有告诉过他。他娶妻生子，我嫁为人妇，我们过着各自的生活。

他并不知道，有一个女孩子，在十七岁那年夏天。曾经在一个下午，赶往看他的路上。我想，有些事情，有些爱恋，只是一个人的事情，与他，并无关联。

但我记得那个下午的光阴。记得那些路过的树，记得那暴烈的阳光，阳光下的汗水，我哼出的跑调小曲，记得自己羞红的脸。

人生真的很长，但是，人生又这样短，短到我忆起这一幕光阴，仿佛昨日。（雪小禅）

曾经也有青涩时

曾经多么美好的青涩时光，就这样消失了，
人生有多少爱可以重来，有多少人会想起那年少的故事。

朋友的小孩要转学，托我去找当老师的同学帮忙。刚走进同学的办公室，就见他正准备去上课，同学让我等他下课再说。

静静地坐在办公桌前，抬眼看到桌子上角整齐地码着一堆书——《最小说》《西决》《八分钟的温暖》等青春杂志，一看就知道对于我这个教数学的同学来说，这样的书绝对不是他的，他也没那样的兴趣去看，一定是收下那些上课看书的学生的。

坐着无聊，随手翻开一本。“无论多么漫长的时光，都只是一场冗长的闭幕式。俏皮的序曲与轻松的过程都不知所踪。”“我一直认为，如果世界上存在那么一个人，能够让一个人幸福，使她高兴、快乐、无忧无虑，甚至幸福感漫溢到可以与人分享的地步……”

这些书中的句子，熟悉而陌生。熟悉是因为曾经年少的我也如同书中的主人公一样，在那个青涩的年华里，也写下过这样的话语，也有过自己的故事。陌生是因为岁月的流逝，那些个话语早已无影无踪，既就是一个人的夜里，也很少去追忆那些个过去的日子。

办公室只有我一个人，很静。楼道上学生那琅琅的书声时时传来，叩击着我的心灵，一次次叫醒了曾经的过往。

也是这样的中学时代，在异乡求学，因为个子小，每次打饭时都挤不上，常常只能抱着空碗，啃一个冷馍充饥。有次，一个高大的男生抢过了我的碗，为我打了一碗烩菜，看着我抱着碗兴奋的样子，他说，以后打饭的事交给他，他会照顾我的。

有一个人可以依赖，在那样的岁月里，我快乐无比。

高三的日子，紧张而忙碌，时常在教室里学到忘记了吃饭，望着抽屉里的空碗，我才想起那个一直帮我打饭的男生，在刚开学时，已随父母去了另一座城市。临走时，他告诉我，记得把碗带到教室，这样下课就能快点先到饭堂，记得打不上饭时，就去学校门口买个夹馍，千万别饿着了。

记得他的话，却时常不愿去挤那样的热闹，只是抱了碗站在饭堂的一角，等着人少时匆匆地随便打点剩菜对付一下自己的胃。那时，端着碗才忽然想起那个男生，才有一种想念的冲动。

“你听说过吗？如果太阳此刻熄灭了光芒，地球上的人要八分钟后才知道。”

书中这样的话语，又一次让我想起那年那个男生走时，为什么要不断地问，还要让我继续帮你打饭吗？我笑着说，我又不是幼儿，老要别人照顾吗？

这不就是这句话的写照。当年他一次次地问我，是他想听我说，让他留下来。可我却没有那样的感觉，对于他，也只是一个好同学，一个可以天天帮我打饭的同学而已。

直到他走后的所有日子里，我才明白，我失去的不仅仅是一个同学，还有那份青涩的爱恋。这也许可以解释为一种八分钟的温暖吧！

曾经多么美好的青涩时光，就这样消失了，人生有多少爱可以重来，有多少人会想起那年少的故事。（佚名）

绿草一样柔韧的爱

她为了自己的学费奔波，但她从来没有忘了过新鲜美好的生活，
这恰恰是一个女子最可爱的地方。

他十八岁的时候遇到她。是个凉爽的夏日清晨，他百无聊赖地坐在校园的木椅上低头看面前一坛怒放的白色花朵，还有昨日一阵风雨后，飘落的水红色芙蓉。

他的父母是这所大学的教授，所以，假期他无须为学费而奔波打工，每日只是闲闲地在校园里溜达，看那些在城市里各处奔走，为几十块钱而满面疲惫、满身灰尘的贫穷学生，在他面前穿梭而过。

就是这时，他看到了那双踩在草编凉鞋里小巧温柔的脚，脚踝处有细细的红色丝线做成的脚链，衬着那草绿色的鞋子，还有指甲上的淡紫色蔻丹，让他懒散的心一时间如那芳香的小花一样，徐徐绽放开

来。然后，他抬头，看见清秀纯美的她，他突然地就在她的沉静美丽里没有了昔日的骄傲和不羁，开口笑道："哟，你好!"

他们就这样相爱了。

她是从乡村里来的女孩子，没有因为生活的艰辛而面容愁苦，双脚落魄。她是爱美的，从小就爱。她有许多双夏日穿的鞋子，都是自己做的，用旧了的鞋底，买来鲜亮或是沉郁的丝线，有时干脆用一种细长结实的草，巧妙地编出各式的花样来，一双淡雅而不失灵动妩媚的鞋子，就这样踩在她脚下，她是班上唯一个只穿平底鞋的女孩，他却因此认定，她是最懂得美的女子。她为了自己的学费奔波，但她从来没有忘了过新鲜美好的生活，这恰恰是一个女子最可爱的地方。

她始终尊敬他的父母，尽管他们不喜欢这个贫穷的女孩子，她不懂得时尚，不懂得心计，也就是一个普通的女孩子，不会给他们的儿子任何的辅助。而且，更让他们无法忍受的是，她竟然为了挣钱，去一个商场的专柜前，给人做脚模。他们家向来传统，是只肯让人向上仰视的，像她这样，甘愿让人低视，即使是给他做朋友，也是不可以的。

起初，他沉浸在初恋的热情里，觉得她哪里都是好的。但是，每日听父母这样责怪他，说这样不自重的女孩子，怎么能交？先从脚下轻贱了，内心就更让人不屑。他的心里，还是有了微微的烦乱。

终于有一天，他霸道地让她不要去做脚模，否则他们只有分手。她弯腰将一朵羞涩开放的小花，插在草编的鞋子上，又将脚趾间的碎屑轻轻拂出，这才淡淡笑道："脚一样可以高贵，它们有时比手还要骄傲且值得人们尊敬的。"他不明白她的意思，但看懂了她眼里的内容，她不会为谁改变自己。

他们就这样分了手。

两年的恋情，哀伤始终无法从他的心底逝去。

这样，直到有一年，他的父母因为工作的重大失误，被开除公职。他为了生活，不得不在一份清闲的工作之余另外兼职，做了一家公司的业务员，每天跑来跑去，一双脚，很快就无法承受这样的奔波。

晚上，脱下鞋子，发现脚上起了水疱。他细心地为脚上药，又小心翼翼地按摩，然后，一阵莫名其妙的哀伤，就这样席卷而来。他突然想起她的话，想起她说，其实脚有时是比手还要让人敬仰和可以信赖的。

原来真是这样，那些只有真正懂得爱与生命的人，才会让脚自由自在地在地上行走，发出最结实最执着的足音。而那些不平坦的路，也只有这样的双脚，方可以轻松又坚强地走到尽头。

平底鞋的爱情，也因此最为妥帖和安心，高贵而尊严。可偏偏他的虚荣，错过了这份绿草一样素朴柔韧的真爱。（安宁）

青 春 的 一 个 转 身

爱，总要在来得及的时候说出来，以为是一个转身，其实就是一辈子。

她很美丽，十六七岁的时候就清新地绽出花来。美丽的女孩子恋爱的总是早，因为追逐的男孩子太多，但她没有。

她的名字叫蓝。

高中毕业后蓝去很远的地方读了大学。

蓝的美丽给这寂寞的大学生们极大的意外，当新一届校花选举会把结果半是无聊半是认真地揭示出来时，蓝的名字高高居上，蓝笑了，却不理会。

蓝的样子最终不再是枝枝丫丫的肤浅吸引，蓝出人意料地一次次拿下全院每一次征文的头奖，进而成为全系全院各种汇演漂亮的主持人。当蓝长发长裙地出现在青红青紫的小男生面前时，蓝知道自己不再是可观不耐研究的盆景。

每到周末的时候，女生楼下站满了小男生，或是 321 或是 109 地叫着，随着喊声刚落，便有女生探出头来，一声娇滴滴的“来了”，然后两人相拥相携着走了。

蓝的楼下也经常有大胆或羞怯的小男生的喊叫，可是几年的时光，同个宿舍的女孩的名字都被叫过了，却独独从未听过有人敢在众目睽睽的楼下，大大方方地叫蓝。

所以之后很多年，蓝都能回忆起那种蚀心的寂寞。

别人想象中多而勇敢的追求者其实没有，也许人人都以为迟了，那样的女孩子，一定有人捷足先登了，所以谁也不去也不敢去了，所以蓝就那么独自美丽着，那么骄傲地美丽着，青春里最好的时光，总是周末的晚上，一个人。

然后的日子就那么过着，直到毕业前，人们才清楚地看到蓝仍是形只影单。

离校前的几天，一个蓝同届不同系的男生——林，某省长的侄子，高大挺拔，向来目不斜视的一个男生。在喝醉了酒的雨天，一个人在蓝的楼下站了一夜，所有的人都知道为了蓝，蓝也知道，但蓝不说话。那已经是即将离别的夜晚，人人都知道这意味着什么，那一夜，几乎所有能和蓝说上话的人都劝蓝，但蓝只说了一句，太迟了。

真的，太迟了，谁也不知道我一个人寂寞地等了三年，骄傲的背后其实就是空虚，既然已经这样了，就不该旁逸斜出地生些最后的伤感来。蓝最终不再说话，所有人都哭了。

那个同样骄傲的男孩子始终没有开口，回去后高烧了几天，在病中只喊一个字：蓝。当蓝出现在他门口的时候，男生宿舍里的人都无比惊讶，蓝站在林的床前不说话，他哭了，她也哭了。

当晚蓝就离校了。没给这个校园留下一点神话。但蓝知道那个男生会一生记得她，记得这场哭泣，在那样的一段岁月里，有过那样一个女孩儿，和他在一起那样的痛哭过。

也许他也想要一个结果，蓝想也许许多男生女生都希望在最后的日子里，蓝能在校园里留给他们一个爱情神话，可是等到林再去找她的时候，那个被誉为“花寝”的三楼某间宿舍，已经人去楼空，他上去的时候，只看见一地烧信的纸灰和蓝没有拿走的一副风铃。

蓝最终没有给那段岁月留一个结果。

在撕心裂肺的离别途中，蓝最终合上那本厚厚的留念册，只等玫瑰岁月的水分完全消失。痛是必然的，而这样永生不能释怀的离别里没有爱情，结果还可以承受。

那之后蓝总是梦到校园，梦到那些时光和那些凄艳绝美的花，蓝也知道，那个为她淋雨哭泣的男生最终颇有成就，毕业不久就在沿海的一座城市里风光得一塌糊涂。

蓝是家中唯一的女孩，父母希望她毕业回来，蓝顺从。撕了派遣证，回到家乡那座小小的城市。九月后，在一个小企业开始了工作。蓝从此不再写诗，偶尔回头，蓝依旧笑着，仍旧楚楚动人，却在那个秋天瘦得只剩下一双大眼睛。

当青春的投影从模糊逐渐变得清晰，每一个仿佛都重复了的春天还是一个接着一个来临，又一个春天到来的时候，蓝依旧一个人走在冰冷的城市，一个人飘飞着长发走在这城市狭窄的路上，二十四岁的路上。

蓝要好的朋友一个个嫁出去。母亲听后，看着蓝，不说话。

蓝认认真真地想过，无论如何，爱的最后结果，一定要自己遇到，绝不是被安排和不情愿。可蓝没有，也遇不到。

蓝是听话的孩子。

四月底的一天，蓝答应母亲，晚饭回来后去相亲。然后，蓝就走了。

是走了四年的通往单位的路，是走了四年的一个路口，一辆飞驰的货车超过蓝穿过蓝，拖了很远。送到医院的时候，蓝还有气息。身体已经碎了，只是脸却无比的完整，也许上天在带走蓝之前也怜悯这脸庞似玉一般完美的女孩。

看见蓝最后一眼的时候，只是看见蓝的泪水。

整理蓝厚厚的十几本日记和信件。看见蓝的大学留念册，我留了下来。

在九月的时候上搜狐，突然想去看看蓝的同学录，找到她的班级登录，看到给蓝的一段留言："蓝，请你与我联络。"我再上网易，上中华同学录，只要注册了蓝的班级的，里面都有这样的留言："蓝，无论你在哪里，请你与我联络。"

"无论你在哪里，请你与我联络。"是林。

想了很久，我把蓝留下的留念册按他留的地址寄给了他。

我想，他收到后，一定会在侧面的夹层里，看到蓝留下的四张卡片：

第一张：在数学系和政教系那场足球赛上，看到一个男生，很让人喜欢的那种欢腾……

1999 年 3 月 23 日

第二张：今天终于知道了，他叫林，在去食堂的路上，他看了我一眼……

2000 年 6 月 16 日

第三张：就要去实习了，我选的是枣庄，林的家乡……

2001 年 12 月 6 日

第四张：我想，我是爱林的。可是，已经分配了……

2002 年 6 月 24 日

爱，总要在来得及的时候说出来，以为是一个转身，其实就是一辈子。（王琳）

卷　二

你的一瞬，我的一生

一看到你，阳光亮了，夏天亮了，笑容亮了，风景亮了，我亮了。你是我逃不掉的遇见，你是我必经的想念。我想知道，在我们之后，还会不会有更美的故事。你告诉我，有的感情一生只有一次。这样，就很好了。

爱情的水仙花

军帽里的秘密，那曾是开在我心中的一株水仙花，
只开在十八岁那年的夏天。

我十八岁的时候烦死了学习，听见老师讲立体几何就发晕，英语老师说的什么我更是听不懂。但我画画好，还整天拿着一个破照相机照相，有自己的暗房，除了学习，我几乎是个天才。

但是这些有什么用？常常我支了下巴，看着外面的天空发呆，那么深那么远的天空里藏着什么？云彩来回变换着颜色，深紫的晕黄的淡蓝的月白的，到最后看得我眼里蓄满了泪水，因为再好的云也是转瞬即逝，就像青春，就像我手里的时间，透过我的青春一滴滴流着。

离高考还有几个月的时候父亲安排我到成都去当兵。

就这样，我穿上了军装。当我每天早晨被军号吹醒时，当我每天

被一项项纪律要求时，我觉得人生怎么这么无聊，我的人生梦想是像哥伦布那样去探险，或者拿着我的照相机去全国各地拍片子，只要让我自由，吃多少苦也无所谓。

每天每天，当我在军营里和那些半大小子们跑操训练甩扑克时，我不知道自己的明天在哪里。没有事的时候，我会一个人在山后边的山坡上，呆呆地看云，直看到太阳下山去。

一切的改变是从伊蕊的出现开始的。她从山坡的那边渐渐向我走来，我正举着相机拍落日，而她闯入了我的镜头，梳着短发，穿着一身军装。

夕阳中的伊蕊英姿飒爽，我从来不知道女孩子穿军装会这么美丽，比起那些穿吊带裙子的女孩子要美丽一千倍。我傻了一样。把相机的快门摁下去的刹那，伊蕊的脸色变得很难看，谁让你拍我的？

我呆呆地站在她对面，展颜一笑。那是很平常的一天，但对于我，远处渐次出现的彩霞绚丽到想让人落泪，伊蕊，这个十七岁的文艺兵，像一朵水仙花在我心中摇曳多姿着。我冲下山坡，几乎是一路跑着回到连队，然后拿起把笤帚把宿舍里全打扫干净了，连长说了几次的被子也被我认真地叠成了豆腐块。

文艺兵营房和我们连离得不远，有事没事我就去伊蕊那里。她是不理我的，而我每次只是路过，透过窗子看着里面的排练情况。伊蕊是拉二胡的，很多次我路过那里她正在深情地拉着。

我从来不知道二胡的声音这样好听，以前我是不喜欢的，但现在，我买了十盒二胡带子，从《二泉映月》《江河水》到《病中吟》，我终于明白伊蕊身上为什么总有一种淡淡的雅致和美丽了，明白她为什么像一朵水仙花了。因为那些二胡曲子幽怨婉转，当我戴上耳机一个人听时，总是会泛起微微的酸来。

而十七岁的文艺兵伊蕊，根本没有注意到一个叫康明阳的男兵，那个男兵把他拍下的那张照片放大了搁在日记本里，那是一张黑白照片，照片上的伊蕊，阳光灿烂，穿着肥大的绿军装，短发在风中扬着。

几个月之后，文艺兵的连长莫红来找我，她大大咧咧地说，小康，听说你会照相，我们文艺连想请你去给女孩子照照相，可以吗？

我高兴得差点跳起来，因为伊蕊马上会出现在我的镜头里了，这样的美差为何会不愿意？

当那些文艺兵换了五彩缤纷的衣服出现在我的眼里时，我却发现少了一个人，因为伊蕊没有在那里边。我有些失望地问莫红，你们就这些人哪？

莫红说，噢，少一个，她去演出了，给人救场，如果她回来愿意照就让她再去找你。

那天我心情很乱，照来照去的女孩子们在我镜头里像一只只蝴蝶，但我只想到那个穿着军装的女孩子，她笑的时候，我的心中像千万朵花在开，在开。

周日，我一个人在床上看着伊蕊照片的时候，有人敲门。我去开门，门外，站着照片上的人。

我慌了手脚，因为以为是同室战友，所以我穿得几乎衣不遮体，而且刚理了极难看的头发，像个逃犯一样。她笑着看我，康明阳，连长说照相可以找你，因为只有我没有照过，可以再给我照吗？

我几乎颤抖着，当然当然，然后倒水给伊蕊，不小心烫了手。再拿出老妈寄来的话梅饼，发现被我放得快发了霉。

当我拿出照相机时我脑袋轰的一声就大了，上次给那帮女兵照相所有胶卷全用完了，而买新的胶卷要去市里，往返几乎要半天，怎么办？错失良机吗？这个周末，我可以整天和伊蕊在一起的，但照相机里却没有卷！

有事吗？伊蕊问我。

没有没有。我立刻镇定下来，我们走吧。

所有的女兵，只有伊蕊没有换衣服，她穿着那身肥大的军装，英姿飒爽。我终于明白为什么偏偏喜欢她。

我和伊蕊，两个少年去了后山。山上，大片大片的野花开得正灿烂，伊蕊站在那些花中间，风吹起她的短发，镜头里的伊蕊一脸拘谨和羞涩。我不敢看她，只是忘情地注视着镜头中那个女子，那个像水仙花一样的女孩子，轻轻地摇曳着，在我的眼里，在我的心中。

那天我一直在拍，好像永远也拍不完一样。伊蕊从来没有问过我，她只是按照我的要求摆着姿势。我一张又一张摁着快门，只有我知道，那里什么也没装。但是，伊蕊的身影已经不用照相机了，因为她的每一笑每一颦都刻在了我的心里，那些美丽的倩影如一张张永远的底片，只要我想，她就会瞬间影印出来。

终于，累的时候，我们坐在后山的山坡上。伊蕊说，有机会我给你拉二胡听吧。

好。我说，然后我伸出了手，把你的电话号码给我吧。

伊蕊笑笑，在我手上写了一串号码。为了怕出汗把号码洇了，我就那样张着手，一直到宿舍，其实，那个号码我早就背下来了，只是怕一转眼我背错一个字。

那次照相成了我和伊蕊的秘密，当一帮女生穿着军装湿着头发从澡堂子出来碰上我时，我总装作不认识伊蕊，因为我和伊蕊都明白在军队里恋爱意味着什么，何况，我们从来没有说爱。但在我的军帽里写了一行字：伊蕊，很爱很爱你。

在伊蕊和我要照片的时候我对她说，背着二胡去后山等我吧。

在后山上拉二胡的女子，忽然让我有种想流泪的冲动。尽管我骗了她，尽管我没有为她照相，但是，她早已经在我心中。曲子一个接一个地给我拉了听，然后她伸出手来：我的照片呢？

对不起，我说，胶卷坏了，所以，我们要重照。

她愣愣地看着我，说，你是骗子，然后背起二胡转身走了。

我呆呆地站在原地，也许我那天应该告诉她相机里根本没有胶卷，也许我应该把偷拍的那张给她。

一切还来不及细想如何解决，文艺兵整个调离了成都，她们全去了北京。一个月后，我从成都调往江苏，从此永远失去了她的消息，好像我与这个小女兵从没有认识过。我有的，只有那张黑白照片，淡淡地笑着，有点拘谨有点生气的样子。

几年后，我终于如父亲所愿上了军校。军校毕业后我留在了部队，很快就成了一名团职干部。

两年之后，我和一个地方上的女子结了婚，并且举办了自己的摄影展，摄影展的第一张照片就是伊蕊，十七岁的伊蕊，在后山的山坡上被我偷拍的那一张，只是我一直没有机会和伊蕊说，那次我们去后山上照相，我的相机里是没有胶卷的，而之所以这么做，只有一个原因，那就是，我爱上了她。

那顶旧军帽我一直留着，在帽圈里，一直有那一行小字：伊蕊，很爱很爱你。

妻几次想扔了它，都被我阻止了。她没有发现其中的秘密，除了我，没有人知道军帽里的秘密，那曾是开在我心中的一株水仙花，只开在十八岁那年的夏天，然后，转眼即逝。

偶尔的一天，我坐在电视前调着台，忽然停在了一个台上，那个台上坐着一个穿黑色紧身衣的女子，长发，正深情地拉着二胡，是《二泉映月》。

一曲终了，主持人说，请二胡演奏家伊蕊再为我们拉一曲《光明行》。我呆呆地看着，直到眼泪堆满了双眼。

演出结束后记者做了现场采访，有人问伊蕊，开这样的二胡演奏会是不是特别激动特别紧张特别难忘？伊蕊摇着头，笑着答，不，如果说难忘，那么我十七岁时的那场演唱会最难忘，因为听众只有一个，并且，我还爱他。（雪小禅）

栀子花开的巷口

其实，我所盼望的，也不过就只是那一瞬，我从没要求过你给我你的一生。
如果能在开满栀子花的山坡上与你相遇，如果能深深地爱过一次再别离，
那么，再长久的一生不也就只是，就只是回首时那短短的一瞬。

那时，每天放学回家，我都一个人孤单地坐在门旁的石凳上，背靠着一株栀子花，怀里抱着我心爱的大白猫，呆愣愣地注视着巷口，看人来车往，看时光流逝。

不知从何时起，我的视线开始停在一辆崭新的自行车上，那是我一直都想要的自行车。不知骑那车的人会是怎样的心情，每回他路过时，都会朝我咧嘴笑笑，然后飞速地消失在巷子深处。那是一个皮肤白嫩的大男孩儿，总背着一块画板，每天在巷子里穿来穿去。

一天傍晚，我如往常一样坐在那里，为我的大白猫素描。只听身后有自行车越过水坑的声音，当我回头去看时，他已站在了我的身

后，目不转睛地望着我的杰作。我至今还记得，那一天我的脸红了多久。我以为他会提一些建议，可谁知，他一句话也不说就夺过我的画板自顾自地描着，不一会儿，一只活生生的猫已经跃然于纸上了，还在旁边写着哪里的线条该深，哪里的线条该浅。我早已惊得目瞪口呆，这人怎么这么奇怪。

当我回过神来，他已骑着车远去了。

以后的日子，他依旧是每天都会出现，只是不再朝我笑了，甚至看都不看我一眼。从最初的缓缓驶进巷口变为飞速地闯进巷口了。这样的日子一直持续到我读高三，他突然像空气一般消失了，从此我再也没有见过他。

紧张的高考，结束了我对这段花样年华的盼望。第二年夏天，我顺利地考进了大学，专业是美术。

在这座艺术的金字塔里，我也如其他大学生一般，顺理成章地谈了一个颇有才气的男友。他画得一手漂亮的水墨画。每当他要给我讲小时候的故事时，我就总是问他："你偷偷地喜欢过路过你家门前的小女生吗?"他总会被我问得瞠目结舌。有些往事是无法用语言来形容的，就像当年遇见那个大男孩儿，只有一幅永恒的画面，永远挂在记忆的长廊里展览着。

大学快毕业时，男友拉我去看一个画展，当我们走到大厅的门前时，我看见厅门旁竖着一块广告牌，上面写着：“旅美画家，千秋，先天听障，擅长水墨花鸟，1973年出生于我市，请大家切莫错过。”

他的画确实很有灵气，一看就知道这位画家是多么地热爱生活。正当我不禁赞叹时，男友突然跑过来把我拉到一幅画下：“溪，你看，这人多像你！”我凝望着画里的人，天哪，这是真的吗？这不就是当年坐在巷口的我吗？梳着两条麻花辫，怀里还抱着一只大白猫。世上真有这么巧的事吗？

此时男友又嚷道：“溪，你看，那不是你们家的那个巷口吗？这个画家肯定见过你！你瞧，画旁还有一首诗呢！”我顺着他指的方向望去，那是一首席慕蓉的《盼望》：“其实，我所盼望的，也不过就只是那一瞬，我从没要求过你给我你的一生。如果能在开满栀子花的山坡上与你相遇，如果能深深地爱过一次再别离，那么，再长久的一生不也就只是，就只是回首时那短短的一瞬。”看完诗，我已经泪流满面了。我想，纵使这一生我再也见不着他了，但最起码我已经知道了他的名字，这已够了。（香溪）

只能爱你一分钟

蔷薇已然漫过墙头。我努力地快些，再快些，
那样，我便可以在有限的时间里，和她一同走到蔷薇木架的尽头。
极短极短的六十秒，让一个坚毅的坏男孩儿，泣不成声。
我庆幸，欢喜，自己终于，终于有了那么一段长达一分钟的恋情。

那个草长莺飞的午后，当她怀抱一摞书本急冲冲地从门外奔来，无意倾倒于我课桌上时，我的心便如同那些翻飞黯淡的书本一般，哗啦啦散了一地。我故作从容地一动不动，不帮她捡拾书本，亦不多说片语。生怕自己一个不小心，一举手、一投足，就会将心里訇然裂开的秘密抖落在地。

似乎，我当时能做的，仅是用故作冷漠的态度来掩饰心灵深处的大响。没人知道，在那个三月黄昏的暮色中，一个平日里最爱惹是生非的少年，被一个柔弱的女生在臆想中打成了重伤，且自此再无还手之力。

我开始在意自己的发型，尽管它依旧蓬乱不堪，但我还是力求让它有些张狂的个性；我开始注意自己的衣着，尽管三天两头不得不换上那件纯白的运动衫，但我已经学会在运动衫的两头加一点耀眼的坠饰；我也开始注意自己的音量和言语。

譬如，再不说那些带有让人生厌的脏字，再不去教室门前和隔壁班的坏男孩们儿大声嚷嚷，也不再看花哨低俗的三流杂志，借此谣传明星绯闻。

我尽可能地在力所能及的范围内，将自己变得更好。说不定，她会因为我的发型而主动跟我搭讪；说不定，她会因为我的衣着，而简短地跟我聊上三言两语；更说不定，她会对我的突然改变，暗自有一种浪子回头的欣慰。

谁也不曾注意到，那个昔日在作文课上打盹儿酣睡的少年课桌里，早已安放了几本世界名著。譬如，塞万提斯的《堂吉诃德》，莎士比亚的《哈姆雷特》，以及海明威的《老人与海》等等。没人注意这个少年，他的呐喊与沉静，似乎都与这个狭窄的人群毫无关联。

我感到一阵莫名的伤悲，那么多日子悄然过去，她都不曾发现，那个几度在班里闯下大祸的少年，早已在时光中慢慢平息。

直到有一天，后排的男生赫然看到我手里抱着一本《老人与海》，才厉声尖叫着讽刺，嗨，嗨，大家快来看哪，全世界最荒谬的文盲竟然研究起海明威来啦！

她拨开讥笑的人群，用一种几近咆哮的音量维护了少年的自尊。似乎，我再也无法忘却，当日她所说过的那句简短的对白。看名著怎么了？名著写出来不就是让人看的吗？你们要是觉得人家是文盲，那你们和文盲坐在一个教室里学习，你们算什么？

她是班长，在旁人看来，这是本职性的对群体内部弱者的具体维护。但在我看来，那天，却是那么特殊，那么别有他意。我似乎愿意觉得，她其实也是喜欢我的，如同我默默地倾慕着她一般。

只是，一直不曾有这样的机会，让她可以名正言顺地与我同条战线。

我以感激的名义请她吃饭，用笨重的自行车载她回家，为她在楼下顶着炎炎烈日一遍遍地练习着深情告白。可最终紧要关头，却还是照旧怯懦而又狼狈至极地问了一句言不由衷的话，班长，周末的班会主题内容是什么？

所有人都知道她拒绝了我。当我迎着风，鼓足勇气对后座上的她说我喜欢你的时候，她竟然不顾一切地纵身跳车，与我远远分开。

我懵懂的恋情和那段炽热的告白，最终只能在一片奔如流水的哄笑声中，遥逝成风。我像是受了极大的伤害，再不敢与人相斗，大声争辩。

似乎，自己被别人紧紧地抓住了一个要害，只需轻轻用力，便会窒息将亡。

我决定将心门再次关闭。可谁知道，少年的心，一旦开启，便再也身不由己。于是，我只好这样固执，而又不可救药地暗恋了整整三年。

那些在旁人看来是最美好的、最为珍贵的回忆，对于我来说，仅是一片狼藉的青春战场。我在长达三年的战场上，一面做着勇敢执着的子弹，一面又做着不触即溃的逃兵。

离别的时刻，我终于再次鼓足勇气，走到她面前，轻轻地说了一句，曾经，我可是多么多么喜欢你，而你，却还是无动于衷。我说的有些凄婉、悲凉，物是人非的惆怅。

我以为，她会一如既往地对我冷漠决绝，拂袖离场，岂知，她竟然无所避讳地牵起我的右手说道，谢谢你这几年的坚持，但我只能爱你一分钟。

那一分钟，真有一世那么漫长。她紧紧握住我的右手，领着我，奋不顾身地穿过喧闹的人群，走进那条夏花四散的幽幽小路。

蔷薇已然漫过墙头。我努力地快些，再快些，那样，我便可以在有限的时间里，和她一同走到蔷薇木架的尽头。极短极短的六十秒，让一个坚毅的坏男孩儿，泣不成声。我庆幸，欢喜，自己终于，终于有了那么一段长达一分钟的恋情。

我的心，再次有了一阵通天大响，轰轰然地，从天边的流云深处赶来，将纷乱的心门再次掩合而上。

今日，当我终于能以一个旁观者的身份来回视这段青涩辛酸的暗恋时，终于明白，为何会在转瞬即逝的一分钟里豁然解脱的缘故。

原来，我一直所追慕的，不是真正的爱情，只是那个于暮色中被打乱的倔强少年的心，以及一些在成长追逐中自以为被流言击得粉碎的薄弱尊严。（峥嵘）

一生最美丽的时刻

当年，我心底是真有了一颗关于你的种子。
经过那场冬雪的滋养，在明明春日，不可阻挡地疯长起来。
漫过了教室窗外的白墙，漫过了蔷薇盛开的小路，也漫过了那双十七岁的手掌。

真想再回去看看，当年遇见你的时候，我到底是何模样。可惜，匆忙的时光与无情的人生，一并将我的请求驳回。

但我还清楚地记得，那场洋洋洒洒的大学铺满了荒凉的球场。而记忆中的你，似乎还是那么活力十足地站在操场上，一次又一次倔强地踢着那个裹满雪块的足球。

生活真是一场不可揣摩的闹剧。

那天，心情低沉的我，独自围着白雪皑皑的跑道打转。偏偏你的足球，从你脚下飞出，那么不偏不倚地打中了我。我瘫坐在地上，沮丧的心情和瞬间的疼痛一起袭来，使我泪眼潸潸。

你吓坏了，赤裸着被冻得通红的手臂，一遍遍地跟我说对不起。我暗地里原谅了你，因为自从第一眼我就相信，你和我一样，是个孤独又敏感的孩子。否则，你也不会在这样的天气里排解情绪。

可少女的心事，就是这般冷傲而又矜持。

我偏不愿告诉你，我已经原谅了你。我就是这么走在荒凉的跑道上，安静地听着你在我耳边，不厌其烦地说着对不起。

后来，我禁不住笑了，颤抖着声音说，行了，行了，我感觉耳朵里塞了一个复读机。你也笑了，露出洁白的牙齿。你重重地嘘了口气。顿时，寒冷的世界里扬出一条温暖的小溪。我说，你真像一只北极熊。你抬起僵硬的手，摸了摸乌黑的头发，故作幽默地问，你见过踢球这么潇洒的北极熊吗？

那天午后，我们围着一个浑圆的足球，不知跑了几公里。在漫天雪花的世界里，两个彷徨在花季深处的孩子，坦然地将两颗纯真的心，靠在了一起。

你听了我的那个冗长的故事。而我，也知晓了关于你的过往。当时，我们是多么彼此怜惜。甚至，在心间，默默地流了一地的热泪。可遗憾的是，现在的我，竟如何也想不起来了，那天，我们到底说了哪些事情？为何它们会让我们如此相见恨晚？

我想了许久许久，在恍惚的灯光下，翻起了多年前的日记。只可惜，那些日记上，仍然不曾记录过关于事件的只言片语。兴许，这边是青春的谜底。

那些事情，于今日的我来说，会不会也深觉伤感？还是，会在听闻之后，哈哈地发出毫无恶意的大小？至于笑什么呢？我一下子说不明白。

当年，我心底是真有了一颗关于你的种子。经过那场冬雪的滋养，在明明春日，不可阻挡地疯长起来。漫过了教室窗外的白墙，漫过了蔷薇盛开的小路，也漫过了那双十七岁的手掌。

一

我们终究心照不宣地要进了彼此的秘密。

直到此刻，我们都不敢确定，当年的对方，是否真切地喜欢过自己。我不后悔我的懦弱和矜持。我想，你也一样不曾后悔守住了最后的言语。只有这样，我们才能一生天真地坚信，当年的成长之路上，我们是那么完满那么真切地成就了自己。

我终于勇敢地承认，那是我一生最美丽的时刻。因为，遇见了你。谢谢你。（佚名）

自 有 物 是 人 非 时

那些以为永不更改的情愫，实质早被时光掩埋，如此时的鼻根一般布满了疼痛。
所有我们怀揣过的动人心事，都只不过是一场盛夏里的桂花香。
我们所能保存的，只是那时的青绿记忆，而关于其后的所有结局，
都不是我们所能预测和更改的了。

那片在学校里遇夏而芳的桂树林，仿佛是在他十六岁的那个午后，忽然疯长起来的。

他手捏着退学申请书，渴望像几十年前的大人物一样，早早地到社会上闯荡。年少的心，狂妄得就如同一株倔强的小草，风雨急雷都无法将其压倒。

他心想着自己辉煌的将来，看着即将离别的校园，心里有些难以道明的伤痛。独自坐在楼顶，教学楼前的桂花树开满了枝丫，惹人惆怅的芬芳。

她像一只离笼的鸟，飞般地穿越过桂树林，直达楼下。阳光细碎

地洒了她一身，她咧着嘴，嘴角的弧度与那衣角飘起的弧度大抵一致，想着楼顶的方向。就这样，一些酸涩的记忆，无缘无故地渗入了他那时的情怀。

他把那封单薄的申请书撕得粉碎，暗自感慨自己的多变。之后，开始不断地找各种机会与她接近。

一次，倔强的他在学校食堂门口和同学打架。他打不过别人，却还是硬生生地咬住别人的手不放，任凭那人如何撕打，他都不松口。最后，那个高他半头的大男孩儿当着全校学生的面大哭起来，指导老师来后，他才极不情愿地松口，并且没流一滴眼泪。

她在旁边看呆了，无法想象这个男孩儿为何会如此坚强。

后来，他被处分了，当着全校师生的面，公开道歉。她站在人群中，看着他桀骜的样子，心里想驻了一朵永不会开放的山茶花。山野上，一朵又一朵的花慢慢地竞相开放了，唯独她，仍是一枚被青绿包裹的蓓蕾。

田径赛上，清瘦的他在参加一千米速跑时，势如急风，头发随着高涨的欢呼声向后翻起。他不屑一顾地看着前方。

直到终点，她才奋力高呼。他闻声转过头，看见她在人群中欢喜的样子，心里有说不清的甜蜜。而她，却在那一秒忽然安静下来，恍若没事。

时间在高考前的题海战术里匆匆而逝。

录取通知后，空荡荡的校园多了几张鲜红的海报，他看到她的名字赫然在上，呵呵，他笑笑，心里默念，这是一所好大学。而他，搜遍了所有的人名都不曾看到自己的名字。他知道，自己落榜了。

他通过朋友找到了她的家庭住址，还有电话。他开始极度失落地想要将自己所有的心情告诉她。可倔强的他终究没有那样去做。于是，他暗自告诉自己，我一定要成功。因为只有成功后，我才能有足够的砝码向她表白。

后来，他不顾家人的反对，毅然下海。年纪轻轻的他，开始了永无止境的商业生涯。

十年的奔波，已经让他在所属的行业里，稍有成绩。他觉得，一切的时间都已成熟。

阳光和十年前一样，照射着有些苍老的校园和一张张已是陌生的脸。天真的笑，幼稚的举止。一切，都在一瞬间熟悉而又陌生起来。

他迫不及待地穿过教学楼，到达楼顶，俯视那一片已然茁壮的桂树林，心里大把大把的往事坠落。他下楼，站在当日她所在的位置，一遍一遍地回响，那时如蓓蕾般独特的她。

浓烈的香气里，他感到鼻根一阵阵的刺痛，牵连着大脑。

十年的忙碌生涯，已经让他患上了和其他大多同行都会有的慢性鼻窦炎。难以抵挡的头晕与刺痛，让他逐渐清醒起来。

那些以为永不更改的情愫，实质早被时光掩埋，如此时的鼻根一般布满了疼痛。

所有我们怀揣过的动人心事，都只不过是一场盛夏里的桂花香。

我们所能保存的，只是那时的青绿记忆，而关于其后的所有结局，都不是我们所能预测和更改的了。包括那朵曾经仿佛只因你才会怒放的小花，也终究会有一个物是人非的时刻将它残忍地催开，并且毫无保留地剥落一地。（周小雨）

初 心

多少人爱你青春欢畅的时辰，爱慕你的美丽，假意或真心，
只有一个人爱你那朝圣者的灵魂，爱你衰老的脸上痛苦的皱纹。

多少年后，她靠在自家客厅的木椅上，有影子从心底掠过，仿佛燕尾惹着了湖面，眼底一层层渗出潮湿的东西，往事就那样给带了出来……

那时，十七岁，穿塑料的白凉鞋和带蓬蓬袖的连衣裙。胆小，腼腆，从不敢正眼看男同学，至多偷瞟一眼，然后慌忙逃开。

20 世纪 90 年代初的学校，食堂是简陋的，吃饭是拿着白色搪瓷的饭缸子，到台子前排队。女生只有一支队伍，而男生有四支。每次排队时，邻近的那支男生队伍里，总有一个安静的男生，和她一

道，一寸寸随队伍往前移。

那个男生，她记得每次打饭时，总看见他站在食堂前的报亭下看报。可当她排队时，一扭头，他就在她左边排着队了，和她对齐。在豺狼一样的男生队伍里，他的安静和儒雅像盛夏的院角茉莉，不抢眼，却叫人暗暗地心喜。

有一次，她放学后逛街，回来得很迟，食堂就快关门了，她拿了饭缸子飞一般地奔去。到了食堂门口，看见他在报亭下看报，手后面一个缸子，她想，他真勤奋，吃过了还在看报。透过报纸边角的橱窗玻璃，她迎面撞见他的目光，像峡谷底下的潭，朦胧而幽深。空荡荡的食堂里，只剩一个穿着白大褂的打饭师傅了，她走过去，打完饭，一扭头，他在她身后排着队。

食堂的师傅夹七夹八地说着什么，似乎是把他们当成了一对早恋的学生，相约着出去疯玩，所以回来迟了。她觉得莫名其妙，他也不向师傅做解释，只羞赧地笑笑，右手的食指抵抵鼻梁上的镜架。回去，那晚，她睡得很浅，她觉得怎么可能那么巧合呢，她想他是在等她的，在报亭下等她，不然，他为什么不早早打饭，偏挨打饭师傅的那一顿训呢？

她那样娇小清瘦，走碎碎的步子。在校园的林荫路上，像只粉蝶低低地飞，格外引人注目。

后来，很自然，她收到了许多来自高年级男生的情书，那些男生在信里无一例外地亮出自己在校学生会里的职务，特长，成就……她私下里悄悄问过，写信的那些人里，没有一个是他。她很失落，也许，真的只是一场会错意的自作多情。

是过了一个暑假，她已经读二年级了，并且有了不错的男友。他三年级，就快毕业。有一天，课间，他陪一个男同学到她前排同学面前借书，因为毕业班要在这学期把所有的文化课全部复习考核通过，下学期就是实习了。

前排和他们说着，空气里仿佛有几丝离别的叹息在游移，像茶到腹中残留在齿间的苦，逮不着，但感觉到。

忽然，他折过身，含笑对她说，我去过你住的那个镇子。

就是今年的暑假，坐船一路打听，就到了。船过了一个古怪有趣的桥洞，就到了你家门后，还听见了琵琶曲，不知道是谁家的录音机里流出来的。

那真是一个好地方，像姑苏老街，人在船上，岸上是人家，街铺……难怪总觉得你像苏州的茉莉。她心里惊，茉莉？那曾是她在内心里给他的比喻。他不知道她此刻是夜幕下的大海，暗流澎湃，拼命遮掩。他说，回去的时候，月亮已经很高很高了，幽怨的琵琶曲一截截传到湖面，他想起了张继的《枫桥夜泊》……

那一天，她不记得怎么才挨到了晚上。她看窗外的朦胧月色，有一点点的泪。是叶芝的诗：多少人爱你青春欢畅的时辰，爱慕你的美丽，假意或真心，只有一个人爱你那朝圣者的灵魂，爱你衰老的脸上痛苦的皱纹……是啊，那么多的男孩儿写情书，试图从纸上径直走进她的心里。

只有他，冒着酷暑，荡着船，绕过十八道弯，寻找她和她的小镇；只有他，如此喜欢着她小镇里的小河、石桥、桥下的月亮、空气里悠扬的音乐……她不知道，此刻，是该喜悦，还是该悲哀。

仿佛在苏州，在小桥流水的街角，她走过，没有看见他；她远远地回头，他从灯火阑珊处走来。是一路，但到底没赶上。

过了年，他们准备毕业。他班上搞毕业联欢，她的前排拉她去凑热闹。节目快结束时，他上台，说献首歌给弟妹班的同学，是《姑苏行》：第一次遇见了你，是在那姑苏城里，小桥流水，船儿涟漪，岸上的有情人相偎又相依。第一次遇见了你，像是在我的梦里，蒙蒙细雨，月落乌啼，那是我一生最美丽的回忆。幽幽曲笛声，应着窃窃琵琶语……

歌毕，全场掌声轰然，仿佛月亮从清水里浮起，她的心里那样透亮地浮起两句：幽幽曲笛声，应着窃窃琵琶语。

多少年后，她这样坐在黄昏里，摇着缎子的小团扇，想起他提过的那首《枫桥夜泊》：姑苏城外寒山寺，夜半钟声到客船。此刻，她只觉得时空恍惚，岁月的河流上，她已是中年的客，在远离姑苏城的小楼上，听寂寂的黄梅雨。

初心，就是生命里最初的一次动心吧！多少次，她被好奇的读者缠着要她说自己的初恋男友——现在的爱人时，她的心底就又掠过那人的影子，匆匆的，像老电影里的一瞥。

只有她自己知道，她的初心，是姑苏老城院角的茉莉，小小的，湿湿的，白白的，幽静地芬芳。并且，永远只是一朵茉莉，开过了，也就开过了，结不了果。（许冬林）

帘后青春

一个夏天过去了，那男孩儿的背脊也晒得黑里透红了，
但我仍然可以一眼找到他。
我在帘子下绣着手帕，盼着有一天，他跑来讨碗水喝，
我可以掏出这手帕，给他擦汗……

“我本不是村里的人，”秀老师默想了好久后说道，“那时，我十七岁，高中毕业来姑姑家玩儿。我不大出门，有时跟姑姑到溪里洗两件衣服，大多数时候在窗后读书。”

淡淡印着碎花的帘子，垂在窗内，被晚风拂得荡漾如水。

“我的窗子对着的一片土豆地里，常能看见三五个人在劳动。有时在读书空隙，一抬头，就可以见到几个光着膀子锄草的男人。一天早上，我推开窗子，忽然发现开工的人群中多了好些新鲜的面孔。他们是知识青年，上山下乡来了，那群黝黑的背脊间，一个单薄的身影在阳光下白得晃眼——他真瘦。”

“后来我便天天寻找他的身影。我没见过他的面孔，却在心里觉得他可亲，看着舒服。我于是天天看，天天看。有时他不在这块地里，我就站在窗前，远远近近地寻他，像追蝶一样。”

“我变得羞怯了，要姑姑给我的房间装起了帘子。我特意挑了那种有蝴蝶花样的。帘子打开后，稻香和青草气息漫进来，帘子被风吹得飘摇不定，我的心神也飘摇不宁。”

秀老师的语速，极其悠缓。

“突然有一天，那男孩儿跑到姑姑家门口来了，我手忙脚乱地跑去开门，一句话也说不出，只是呆呆地瞪着他。他也呆了，嘴巴动了半天，才吐出一个字：‘锹。’我回过神来，脸上火热，把锹借给他，回身就跑进房，坐在帘子下。”

“一个夏天过去了，那男孩儿的背脊也晒得黑里透红了，但我仍然可以一眼找到他。我在帘子下绣着手帕，盼着有一天，他跑来讨碗水喝，我可以掏出这手帕，给他擦汗……”

微微天光里，秀老师停顿了好久，我们看不清她脸上的表情。

“后来家里接到通知，我也得下乡修地。那手帕还揣在我的兜里。通过爸爸的努力，我挑选了这地方，一个月后，我卷着铺盖来了，谁知道，他却走了。”

“我不相信他真的走了，跑去问知青点的人，他们说，是呀，走了一批，分到其他农场去了，我连他的名字都不知道!”

“回来后我哭了一场，就在那个帘子下。后来我跑到窗外那片土豆地里，扒拉了半脸盆泥巴回来。我想，这泥里面，肯定有他落下的汗水呢。”

“再后来我就待在这块土地上不走了。我留在这里做了老师，教娃娃们念书。踩在这地上，他好像就还在我的身边。”

秀老师结束了她的故事。窗外清冷的月光洒进窗棂，帘子上的影子婆娑地印在了竹床边，影影绰绰正是那蝴蝶的图案。

阿寻终于忍不住，说：“那后来，你一直……没有……意中人吗?”——秀老师一辈子没结婚。

月光下，秀老师银白的头发朦胧如轻雾，她说：“我，不是一直都有吗?”

那一夜，我的梦里都是窗帘，洁白轻薄如蝉翼。有风，从古吹到今。（周华诚）

我悄悄填了他的名字，此生再也放不下来

这份朦胧得不堪一击的好感，以及那个年纪死也不敢承认的微妙情愫，
现在终于可以承认了。淡淡的遗憾，也终于成了心里的一块石头，
此生再也不能轻易放下来。

读高中一年级的一天早上，我突然在抽屉里发现了一个小本子。那是很普通的小号数学练习本，里面是满满一本手抄歌词，字迹歪歪扭扭，但很整洁。

看的歌词的第一眼，我就知道是同学写的。我没有出声，欣喜地把本子藏进了书包。同桌是那种微显女孩气的男孩子，皮肤很白，眼睫毛很长，像洋娃娃。他从来不玩泥巴，也从来不流鼻涕，和那些脏兮兮的男孩子很不一样。

趁大家午睡的时候，我寂静的教室里，我陶醉地趴在桌子上，眯着眼偷看沉睡着的他的脸。多年后我想起那个画面，还是感到很

温暖。

我的生命自此开辟出一片新的世界，此生从那个时候开始有了小秘密。

后来我问他，你喜欢哪位明星呢？他说，我喜欢谢霆锋。我深深记下了这三个字，我心里默默策划，要回送一份让他惊喜的礼物。记忆中，我跑到小卖部很多次用攒起来的零花钱打电话，托在上海打工的邻居过年回家时，给我带一盘谢霆锋的磁带。多次这样央求后，邻居终于答应了。

竞选班长采用的是匿名字条的方式，我悄悄填了他的名字，放到了讲台上。少男少女的年华，男生和女生是对立的，女生选班干部都应该选女生，不然就会被嘲笑。

我感觉到讲台上负责收字条的班长看我的眼神，犀利如火。“慧慧选了男生！”她突然大声喊道。我感到整个世界一片眩晕，我的脸烫得快要烧起来。眼泪很快就掉了下来，我惊恐地看着整个班上的同学朝我嬉笑起哄。泪水越来越多，总也擦不完。我从来没有那么无助过，感觉自己快要死了。隔着眼泪我悄悄转脸望向同桌，他也茫然无措地待在那里，不说话。

班主任很快就为我们换了座位，还频频找我的家长谈话，神情诡异地窃窃私语，全是很严肃的样子。

寒假的时候，邻居从上海回来，带来了我期待已久的磁带。我清晰地记得包装盒是黑色的，谢霆锋戴着墨镜，故作深沉地歪着头。我欣喜不已，偷偷设想，在开学的时候我要怎么把磁带送给他。闲着没事的时候，我就把磁带放进家里古旧的录音机里一遍遍听，我听得很认真，用铅笔抄下歌词。

到今天，我还记得那首《谢谢你的爱》，也依稀能背出里面的几句歌词。我想，等我把礼物悄悄地送给他，他一定会很高兴。

差不多在正月刚开始的几天里，我终于完成了磁带里所有歌词的抄写。我记得里面有一些英文，我不认识，也不知道意思，抄得很生涩。我什么也不想，只想着让那个我喜欢的男孩儿开心地一笑。

我迫不及待地期盼着开学的日子，一天一天地数。可是，我再也没有看见过他，他转学了。我身边是满满一教室的人，可是我感觉自己像是待在空空的教室里，茫然若失。生命中第一个又模糊好感的男孩儿，居然像小说里写烂了的情节一样，转学了，消失了。

这份朦胧得不堪一击的好感，以及那个年纪死也不敢承认的微妙

情愫，现在终于可以承认了。淡淡的遗憾，也终于成了心里的一块石头，此生再也不能轻易放下来。（芳慧）

卷　三

那青春的爱与忧伤

那是一段只有自己才能停靠的时光，那是一片只有自己才能涂染的阴霾。如果回忆有颜色，那应该是闭上眼睛时看到的。伤而清晰，像身边正在发生的时刻。远而不安，像忽略了现在的自己。

两只苹果的秘密

第一次，我发现自己懂得了爱的滋味，它却是那么令人绝望，
十五岁的少年，从两只苹果的秘密里，也知道了幸福的滋味。

十五岁那年，我上初三。像所有愣头儿青的小子一样，散了学的我们，骑着一辆破自行车满大街疯跑，有时爬上很高的城墙和烟囱。这个城市的每个角落全被我们游遍了。

有时，还偷偷地蹭到电影院里看电影，全是武打的，我的偶像就是李连杰、成龙，所以学习不好，被老师厌恶是自然而然的事。

那些学习好的女生总是躲着我，因为一旦招惹了我，我一定会让她们的自行车天天没气的。这些事情让我做起来充满乐趣，直到林小烟的出现。她是从上海转来的学生。对于我们这个小城来说，上海是一个难以想象的地方，又遥远又陌生。而林小烟这个名字，本身就

是一种诱惑。因为所有的女同学全叫得那么俗气，红啊娟啊莲啊芳啊。男同学，不是建军就是国强，要不就是建华、自强，反正没有一个名字可以让我一下记住的。叫了一个人就等于叫了大家一样，张三和李四没什么区别。

但林小烟让我一下就记住了，况且她长得真漂亮啊！十五岁的少年，第一次看到女生的时候脸红了。那个瘦而苍白的女生，皮肤白得血管都看得出来。

只一眼，我浑身的血热起来。而且她的普通话说得那么好听，声音细细的，像百灵鸟在唱歌。幸运的是，她居然坐在我前排，我甚至可以看到她脖子上细细的绒毛。

那一节课，我一个字也没听，根本没有听进去老师讲的是什么，因为几乎是心猿意马，所以心思全放在这个新来的女孩子身上。她像一股清新的风，让我忽然明白，原来自己是一个男孩儿，原来我是喜欢女孩子的。只是，这一时刻我才知道我的喜欢。改变就是从那个春天开始的。

我不再穿那么脏的衣服，不再给老师出难题，不再给女同学自行车放气。很多时候，我会静下心来，慢慢欣赏她，或者看看外面的天空，听听小鸟的叫声，这是多么美丽的春天哪！为什么过了十五年，我第一次发现春天是如此美妙！

甚至有时她几天不来我便深深地失落着，我总是留意着女同学们关于她的话题，原来是病了，我的心立刻疼了起来，比我病了还要难受一样。什么病？吃药没有？打针没有？我真的担心她。然后一个中午，我用妈妈给的零用钱买了两只又大又红的苹果，准备她来放到她的抽屉里。

她终于来了，而我的红苹果已经在书包里待了两天了，趁着中午饭的时候，我把两只苹果放到了她的抽屉里。上课的时候，她忽然嚷道："谁的苹果？"

然后大家都看她。她的脸红了，也像苹果，老师说："谁放的？"

没有人回答，教室里静得像太空一样，而我的心跳像跑完了三千米。有人说，自己长出来的吧，大家哄堂大笑。林小烟没有吃那两只苹果，还把它交给了老师，估计最后是老师吃了，但始终没有查出来是谁，就是怀疑也不会怀疑我，因为我是最看不起女生的，而且所有女生全烦我。

两只苹果的秘密一直到今天也没有人知道。一年后，林小烟回上海参加中考，她是突然离开的，我知道这个消息的时候她已经走了。

我发疯一样地冲到教室，然后坐在我的座位上，那是一个周末，教室里只有我一个人。我呆呆地坐着，恍若隔世，仿佛昨天我还能闻到她的发香，怎么转眼间就空空荡荡了？没有一个时刻我如此地绝望，就像一个溺水的少年，窒息到不能呼吸。

最后，终于大颗大颗的眼泪掉了下来，一发而不可收拾。从记事以来，这是我第一次绝望地流泪，为了一个女孩子。而那个女孩子，却不知道我喜欢她，甚至她走路的姿势，甚至她拿书的样子，甚至她爱用的墨水的牌子——我都喜欢。

我伏在桌子上，放声哭了。第一次，我发现自己懂得了爱的滋味，它却是那么令人绝望，十五岁的少年，从两只苹果的秘密里，也知道了幸福的滋味。（雪小禅）

松鼠之爱

在成长的时候，我们总是有所捡拾，又有所遗落。
而爱情就是在捡拾和遗落里细细生长的花儿。

她第一次在他面前出现应该是这样的情景：全系新生大会，一百二十个座位的教室有一百五十个人在场，黑压压，都坐满了。知道辅导员脾气不好，谁也不敢迟到。

就她一个，来晚了。

他刚毕业没多久，脾气不好却是全校有名的，时常沉着脸，天生没有表情肌。不是没有原因，他本来要出国，可惜“非典”时期，签证难于登天，就这样搁置下来，国外那边等不及，把机会给了别人。

他后来想想，岂有不懊恼的，可是生活还是要过下去，他就留校了。

带着一点怀才不遇和壮志未酬，人看上去总有那么一点沉痛。可是他终归才二十五岁，有的男生不把他当老师，走路还要搭他肩膀，叫哥们儿。所以他渐渐发现，不威严是不行的。不威严，管不住他们，一群顽徒即会疯成猢狲。

他点名的习惯是宁可枉杀千人不可使一人漏网。这天下午，她见势不妙，连忙转身向楼下跑。可是透过玻璃门他已经看到她了，他喝住她，她还跑，那天她穿一双拖鞋，因为刚游完泳。

脚一滑，啪，摔了一跤，拖鞋飞出两米远，她最后还是被他擒获了。进教室，在大家面前工工整整站好，脸都涨红了。就那样他还不饶过她，他要她做一场深刻的检讨，并且要唱歌以示惩罚。她白他一眼，对大家说："对不起。"然后唱歌，其实她有很动听的歌声，那天还唱了一首特别高难度的《那就是我》，她学过声乐。

她一边唱，一边看他。有那么一刻，他被歌声吸引，像"奥德塞"里听到海妖歌声的水手，忘情地沉醉了。他仿佛看到了世间最美的风景，她唱完了，他的嘴角居然绽放了一朵显微镜下才能看到的微笑，她全都看到了。

她一瘸一拐地扛了把椅子，到教室后面找个位置坐下。盛夏将尽，窗外一地的花，雪白、耀眼。

那天开完大会，身后有个声音叫住她，是王尘。他长有麦色的皮肤，看上去很是光风霁月。以后，她和王尘同桌，一起上课、下课，同学都以为，她和王尘恋爱了，其实他们并没有，因为她心里总有个影子，那影子有双明亮的眼睛，总是在她身后，像保佑她的一颗天使星……

但她遇到他的次数却很少，不知道为什么，她总觉得他是有意在躲着她。新年联欢会，他每个寝室都去了，大家给他敬酒，他也都喝了，可就在她寝室门口，他偏偏就不进去了，不知道为什么，明明时刻渴想她，梦里也梦见过她，可是看着她的门牌号码，他忽然觉得怯懦了。

他的课，是选修课，她想了想，终于把这一堂课勾去。其实她同他一样，是那种“近乡情更怯，不敢问来人”的感觉——既然他羞于相见，那么她不想冒昧。

她四年里只当众唱过一回歌，就是被罚那次，她也避免了一切有可能和他接触的机会，比如当班干部，参加演唱比赛，等等。

她想一想，觉得这种惆怅简直令人窒息，可是又那么美丽。

王尘够勇敢，一个月亮很好的晚上，他从很远的男生东区宿舍楼跑过来，在楼下狂喊她的名字。她披衣下楼，看着王尘，未免有些怨怼，有什么事儿啊非得这么晚来找我。

“我喜欢你，我会在海边给你买一座小房子，我们会生活得很幸福。”王尘大口大口喘着气说。

她看着王尘，她觉得那一刻心里有个东西一下子醒了。第二天，她疯了一样跑到辅导员办公室。他在，正巧一个人，她在他面前站定，一口气像朗诵诗一样说起来：我喜欢你，我希望毕业后和你在一起，我们会在海边有一所小房子，我们会生活得很幸福……

他听得呆住了，他看着她，就像看一只小松鼠。如果你也有这样的经验——偶然地，你和一只小动物，小猫、小狗或者松鼠，不期然地目光撞到一起，内心的某种锋芒对上了，你和它会同时心里一阵颤动，一种莫名其妙的恐怖，或者感动。

他看着她，像看着一只小松鼠。他的目光几乎是抚摸着这只小动物，然后他轻轻地一笑，他说：“可我快走了呀。”

他就这样拒绝她了，过了一段时间，他真的走了，去法国，那是他没想到的一次机会。他知道他选择了这个机会，便等于放弃了她，可是他不选择这个机会，也已经放弃了她。他们的放弃，早在那一次的歌声中，就早已决定。

在成长的时候，我们总是有所捡拾，又有所遗落。

而爱情就是在捡拾和遗落里细细生长的花儿，有时，羞涩这片叶子遮蔽了它，它便沉落到最底、最底，然后，我们捡拾了那片羞涩的叶子，落下的羞涩，就叫忧伤。（榛生）

那青春的爱与忧伤

尽管，他与她的距离是那么近，
他在理科楼，隔着一个小花园，以及一段不算长的甬路，
就是学校的那座老式的三层文科楼了，而她，就在那里。
这是一段比青春更远的距离。

一时间，风生水起。

学校仿佛觉察到了什么，召开了纪律整肃大会，校长在主席台上高声叫嚷：“谁要是搞对象，一经发现，立即开除。”

气氛有些像这秋天后半夜的月，明晃晃的，泻在地上，是肃杀的凉，直凉到心底里。

他想起班主任晚上开班会时的神情，也是一脸的阴沉：早恋本来就害人，在高三谈恋爱，简直就是在自杀！班主任说这番话的时候，两只眼睛瞪得大大的，像两把冒着寒气的剑，仿佛要立刻处决了谁。

他有些不寒而栗。

他轻轻叹了口气。一扯被子，只一扯，被子便全笼在他的头上了。他想盖住自己躁动的心绪，但烦恼像露在外面的腿和脚，在月光的照耀下，发出刺眼的白。

断就断了吧，安心学习，对谁都好。给她写封信吧。想到这儿，他爬起来，拧亮手电筒，趴在被窝里，一字一句地给她写信。宿舍楼外，秋虫在低唱，有一声没一声的，有气无力，仿佛被什么踩住了喉咙。同宿舍的其他同学都熟睡了，除了偶尔的几声鼾声，这月夜静得有些凄凉。

第二天，他把信装好，一颗心也就装在了信封里。整整一天，他一点儿也没有学进去，只等着晚自习的到来。

学校的操场与女生宿舍楼交叉处，有一个死角，没有灯。尽管教学处的几个老师一天到晚地转悠，但真正的死角，也只有恋爱中的人才会发现。晚自习课间休息的铃声响了，他第一个冲出教室。以前，那个死角里，总活跃着一些青春萌动的身影，当然，也包括他和她，而今天却格外冷清。

风在墙角处摩擦出呜咽的响声。他四下里看了看，没有发现她的身影。他已经捎话给她了，他没有别的意思，只想把手里的信交给她，当然了，还有他的一颗心。但课间十分钟，她始终没有来。

上课铃声响后，他没有跑回教室。他在那里呆呆地站了半天，实际上，他和她也没有发生什么，只是在这个黑黑的角落里，说过一些话，是关于学习的，是关于人生的，他们好像都没有谈过一个“爱”字。

但是，在那些日子里，他还是感受到了与别的同学交往不一样的东西。大约，这就是爱了。

他的心里空落落的，有些酸涩，有些怅惘，也有些悲凉。他在他们曾经走过的地方来来回回地走了好长时间，然后，一回头向教学楼的方向走去。身后留下的是比风还深沉的寂寞。

之后的日子，还是没有看到她。他只好在那封信上贴了一张邮票，寄给了她。尽管，他与她的距离是那么近，他在理科楼，隔着一个小花园，以及一段不算长的甬路，就是学校的那座老式的三层文科楼了，而她，就在那里。

这是一段比青春更远的距离。

高考结束了，一段写着青春、奋斗以及苦痛的日子结束了。他考得还算不错，被浙江的那所心仪的大学录取了。班主任笑得比花还灿烂，他把精致的录取通知书给了他，同时，还神秘地给了他一样东西。

是什么？

他有些惊诧。展开一看，是一封信，竟然是他写给她的那封信。他的心怦怦地跳起来，他发现，邮票是盖过邮戳的，信封也还是崭新的，就连他用胶条封得死死的信口，也一动没动，与他寄出之前一模一样。

那青春的爱与忧伤啊！（马德）

陌上花开，君知否

明媚的阳光透过榕树叶，斑驳成点点碎影，落在肩上。
我迎着阳光仰起头，恍惚间，我的视野里模糊呈现你的笑脸。

别了，天蝎座男生。

在这即将落幕的青春里，在十八岁的天空下，我无法掩饰对你的思念。

高考结束了。大学开始了。燥热的夏日，明媚的阳光透过榕树叶，斑驳成点点碎影，落在肩上。我迎着阳光仰起头，恍惚间，我的视野里模糊呈现你的笑脸。

还记得，高三那一年，你的教室在二楼，我的教室在四楼。在课间操的时间我总爱拖着闺密陪我从四楼走下二楼，装作很自然地从你们班走过，如果看到你站在你们班的门前走廊上，便会把最灿烂的笑脸呈现在脸上假装和闺密谈笑风生经过你的身旁。如果你不在，我便会拖着闺密往小卖部的方向走去，只是为了能与爱在课间操时间去小卖部的你擦肩而过……午饭时间总爱和闺密坐在食堂靠门的地方慢慢吃慢慢聊，直到看到从刚从教室下来吃饭的你，才能心满意足的离开。

总爱一个人在晨与暮之间一遍遍地描绘着关于你我的未来篇章，犹如发酵的念想，在似水流年中，结成时间的茧。

熬过黑色的六月，我终于可以毫无顾虑地告诉你我对你的喜欢，我多么想牵着你的手，和你走过那岁月里的长河，一起云淡风轻，细水长流。

即使，我知道，那只是我的一厢情愿。可是，我还是想试一试。

终究，你还是选择了对我说，那是不可能的。你拒绝了我的盛情，让我的幻想碎了一地。

原来，我哒哒的马蹄是个美丽的错误，我不是你的归人，只是一个匆匆的过客。陌上花开，君可缓缓归，心念君兮君知否。（夏暖暖）

要对有些爱不以为然

一生中，我们不知要经历几次爱情。而真正能幸福的，往往只有一次。
那么，我们就该学会经营的理念来把握自己的幸福。
在得到真爱的同时，还要学会对某些微存干扰的爱情不以为然。

与他相遇之时，她初念高一。

她穿一袭白色的连衣裙，扎着高高的马尾，怀抱两本书从宿舍出来，低头急急地穿过篮球场。和其他同龄的女孩儿一样。她羞涩，不敢抬头看那些裸露的膀子，如雨的汗水。

忽然，一个模糊的物体从他的头顶掠过，重重地砸到了几步之前的地板上，旋即弹起。这一幕，把瘦弱的她给吓坏了，直直地站在那。正当她不知所措时，一个高大的男孩儿越身抱住了球，汗水淋漓的脸上满是歉意的笑。

这个情节怎会如此熟悉？原来，正如书中读到。况且，如此老套的写法，在那个时代的言情小说里比比皆是。

后来，她在篮球赛上通过朋友介绍认识了他。刚碰面，双方都哑然失笑了。

他向她初次表白的时候，应把腼腆的她吓了一跳。尽管她对他并非心存厌恶，可年纪尚轻，她又如此看重学业，怎可能因此冒险？况且，她心里已早有人居。那个大她三届，能写一手好文章的男孩儿，已把她的心悄然带走了。

她没想到，他对她的喜欢整整保留了三年。三年里，他读了无数本书，写了无数首诗。她刚欲对他答复，录取通知书就下来了，两人鬼使神差地被分隔两地。用火车来算，那该是十几个小时的距离。

每临节假，他总会异常节俭一段时日，省出路费，越过十几个小时的山水去看她。这令她非常感动。

如此艰难地爱了两年后，他忽然有些疲惫了。因为身旁出现了一位东北女孩儿。讲好听的普通话，说很好的英文，体贴至极。后者，比起她一如既往的冷漠却胜了一筹。果然他心动了。

当他们在校园第一次牵手，就有人告诉了她。他不知道，他的学校里，有几个她的老同学也在其中。那夜，吵得不可开交。电话那头，她哭得让人心疼。尽管她知道，他们之间刚开始，并没有发生什么。可爱情这东西，谁能容忍它被残忍割裂，并与人分享？

他不知道，这两年的时光里，有多少男孩儿给她写过情书，可都被她一一拒绝了。原因很简单，她的心，已被她从那个能写一手好文章的男孩儿手中夺了回来，默默随他而去了。

他终于做出了选择，还是与初始的她在一起。他安慰道，这个事，在生命中迟早是要出现的，幸好它出现在了婚前，让我意识到了你的重要性，并懂得如何珍惜你。为他这话，她把所有的恨意全然放下，继续着心中那份小心翼翼的爱情。

可她无论怎么努力，终究还是无法释然。每当电视里说“东北”这两个字，或者是其中的一个地名，甚至一件小事，都会让她联想到自己的爱情，伤感不已。挣扎了许久之后，她提出了分手。电话那头，他愧疚得像个孩子一般，号啕大哭起来。

多年以后，他们有了各自的家庭。这段历经磨难的爱情也已淡然平息，几近云散。她很爱自己的丈夫，而丈夫也全然知道，她之前深爱过两个男子。

一生中，她完整地经历了三次爱情，可后者，却对之前的两次毫不在乎。她原本以为，这是丈夫的度量，宽容了她。可慢慢明白，这是他经营爱情的一种方式。用这种不动声色的忽视，换来两个人的美满幸福，以及爱。

一生中，我们不知要经历几次爱情。而真正能幸福的，往往只有一次。

那么，我们就该学会经营的理念来把握自己的幸福。在得到真爱的同时，还要学会对某些微存干扰的爱情不以为然。（一路开花）

那不是爱

那些轰轰烈烈、欲死欲活的呐喊，大多不是爱情。

她与我相恋几年，生活越发归于平淡。涟漪不起的日子，真实到让人觉得乏味。她的传统、保守、固执与偏见，让我对电影里一切浪漫而又肆意的镜头，望尘兴叹。

同寝的朋友，与一女孩相爱，半年之内，就走到了天下无人不识君的地步。我多希望，那样无视旁人而又惊天动地的张狂，自己也能贴身体会一次。但我知道，这仅仅只能是一种希望。

对于她来说，要她放弃一堂稍有价值的课与我外出约会，那近乎天方夜谭。她的思维，是一柄硬生生的道德指标，时时丈量着我的言行。

我与她相约，在周末的黎明，徒步上山，并肩看日出。不料，周末深夜，竟下起了淅淅沥沥的小雨。我想，下雨真好，两人在伞中相牵，雨中漫步，岂不更好？当我披衣下楼，驻足等待了片刻之后，她终于打来电话，镇定地说，天气不好，咱们就不去山上了吧，要不，淋病了又得耽误课程。

我心中原本构思了许久的诗意对白，就这样，在一段苍白而又了无生趣的话语中，茫然夭折。

很多时候，我真不明白，她对生活的向往是什么？那些如烟花一样璀璨的爱情，她真不曾羡慕过吗？

我决定改变自己的爱情。

倘若她真爱我，就必须按照我的设想，来完善我的爱情，那才是我憧憬中的生活。我带着她，看日出，赏月光，听音乐，看歌剧。耗尽心思，企图将一切高雅而又浪漫的曲调，毫无保留地塞进她的胸膛里。

她的嬉笑与欢颜都只属于片刻与短暂。她对一切张扬而又无畏的爱情，充满了不解和鄙夷。她说，爱情就是两个人的事儿？为什么要如同演戏一般在众人面前故作模样呢？我说，既然是两个人的事儿？我们眼中为何要有众人？

当寝室朋友的女孩，为他手捧烛光闪耀的生日蛋糕，在清冷的楼下站了足足一个钟头时，我恍然觉察到了自己那份爱情的卑微。面对这样如星汉光芒一般的爱恋，我的波澜不惊，清风无形，到底该划分于纯如水晶的友谊还是陌路间的偶然寒暄?

我终于决定，放弃这段几经努力，而始终无效的爱情。我要用自己的青春去追寻一段如同烟火般的爱恋，轰轰烈烈，此生不悔。

当我另觅她人，并不顾旁人劝阻地招摇过市了几个月后，心中那团关于爱情的烈焰，终于不可遏制地走下了深渊。

我的悔恨如同秋后的落叶一般，簌簌地掩盖了心间的幽光。我的生活转瞬陷入黑暗。我多希望，保守的她能回来，再次牵着我的手，告诉我，只要我心中有。即便我贫困穷疾，她也一样会义无反顾地陪我走至天涯。

这样的爱，只有一次。

我无法用永生的羞赧，逐一填平她心中的伤之沟壑。很多时候，真想谢谢初时的她让我有了对比与权衡，让我明白，那些轰轰烈烈、欲死欲活的呐喊，大多不是爱情。（孟一霖）

爱不似水胜似钢

其实，爱情就是这么回事儿。
当你用尽一切方法把它融化成水之时，它已在表演着将要凝固的形状。
一旦冷却，便再也不可动摇。因为，它本就不是柔水，是坚钢。

寒窗苦读二十余载，见惯了人生里最动人的生离死别的爱情。这些如流水一般会侵蚀你双眼和泪水的情感，总能让心底的最后一道防线轰然坍塌。

小暖是我的大学同学，她爱上那个名叫萧云的男孩儿是在入学半年之后。萧云生性浪漫、大胆，极端的狂享青春主义者。他不停地向我们灌输“人生得意须尽欢”的理论，不止一次斜耸着高高的鼻梁对小暖说，一旦爱上，就不能让年轻的自己后悔。

温柔沉静的小暖最终还是被他的癫狂点着了火，爱得甚是欢愉。

她大抵是忘了，她当初许下的承诺。她说要找一个外语水平达雅思、裸足身高超过一米八、会背唐诗宋词三百首的男孩儿来做未来老公。

萧云虽与这些目标遥隔千里，可到底小暖还是死心踏地爱上了他。很多人不明白她为什么会爱上萧云这种，一眼看上去就知道是“花花公子”的男孩儿。

说实话，当她把心里的想法告诉我时，我没有半点诧异。我一直觉得，小暖是一分秋水，而另一种沉静之人，是不可能在小暖心中掀起任何涟漪的。萧云的癫狂、浪漫，正是她骨子里缺少的成分。于是，他一出现，稍加坚持，小暖就抵挡不住这股甜蜜的狂澜了。

如所有人预料的一般，萧云与小暖在一起不到半年就爱上了另外一个女孩儿。她像极了半年前的小暖，沉静、腼腆，对万物懵懂、心存希冀。

小暖得知这个消息后，哭了整整一夜。我看着他们那叠足有十厘米厚的照片，也忍不住落起泪来。谁能想到，昔日对你如此衷情、百般疼爱之人，转眼间就另觅他人了。

萧云照旧爱着小暖。与其说爱，不如说是对旧爱的不舍。他徘徊于两人之间，用自己的独特言语来维持着这两段已是残破不堪的爱情。

小暖和另外那个女孩儿一样，对萧云的话深信不疑。她们甚至觉得，这种情场浪子才是最最专情之人。他们看似花心，可要是真遇见了令自己倾慕之人，必定会为其舍弃所有。

如此痛苦又让人费神之爱，硬是延续到了毕业之前的一个月。萧云对小暖说过，他会在毕业之前给她一个满意的答复。于是，小暖在最后的这些时日里，越发地活泼起来。

好像，她离幸福真是咫尺之距了。

不知从何得知的消息，小暖说，萧云这话，不仅仅对她一个人说过。这几年，她的青春与情感，算是付诸流水了。

俗话说，劝合不劝分。我安慰她道，只要他还未说出口，就存有希望。

可她却不愿了，说这几年她已经爱够了。心里该翻起的涟漪，该涌动的波澜，已然在苦等与谎言中平息了。

萧云大抵是真意识到了小暖的觉悟，知道她将离自己而去。在后来的日子里，每逢傍晚，便来宿舍门前苦守，一言不发，只求与小暖见上一面。大雨之夜过后，萧云重病了一场，多少旧友前来求情，可直至别离，小暖都没有瞧过他一眼。

其实，爱情就是这么回事儿。当你用尽一切方法把它融化成水之时，它已在表演着将要凝固的形状。一旦冷却，便再也不可动摇。因为，它本就不是柔水，是坚钢。

你想要的爱情怎样，全然就看今时之你对它怎样。（一路开花）

不曾回头，那该多好

多年后的今天，我依然感觉到青春岁月里充满了宠溺和幻想。
然而，当初的美好却再也无法唤回，我再也没有见过那张害羞的脸，
那双不经意间停留在我身上的深邃的眸。

他从楼上下来，衣服湿漉漉的，我刚好遗落写满情诗的白纸，低头去捡，抬起时却撞到了他底下的头，相视一笑，却不知会有怎样的羁绊。

认识他是在我家的干洗店。那是我第一次看到一个男生可以写出如此漂亮的正楷，衣服的收据单上，留下了他挺拔的字迹。他的衣服上，有着属于青春的味道。

想起他大汗淋漓地喘着气跑到店里，并时不时用余光扫一下我的身影，于是那棵扎根在心底的小树苗便悄悄地萌了芽。每天下午五点，他会背着单肩包来取昨天喜好的衣服。他并不知道，我在他来

之前，偷偷摸了摸他的衣袖，心底幻想着，如果有那么一天，他的衣服由我来洗。

心底的那棵小树苗不知道长了多高，枕前开始有了关于他的梦，美好的梦，笑着醒来的梦。熟悉的时间，他抱着衣服进了店，不知道为什么，他的脸很红。把衣服放在柜台上，便匆匆离开了。

临走前看似不经意的一瞥，竟让我有的心出现一种未曾有过的悸动。我拿起他的衣服，照例先检查一下口袋，一张白色的卡片缓缓滑落到地上，卡片上牛奶咖啡色的碎花吸引了我，我不禁想打开看一眼里面的内容，但理智还是占了上风。

我收起卡片，按照收据单上早已背得滚瓜烂熟的地址走去。心头的情愫深深浅浅地延伸在道路上，走过的每一步似乎都路过了含苞待放的玫瑰花。左转的第一个单元楼，我走了上去。

不知道是巧合，还是心底的小树苗真的灵验，他从楼上下来，衣服湿漉漉的，汗水浸湿了刘海儿。

由于过于紧张，和他开口说的第一句话，便结结巴巴：“嗯，你裤兜里的……卡……卡片……遗落了……我帮你送过来……”我生怕他看见自己羞红的脸庞，便使劲儿低着头，不去看他。

过了许久，他才回答："其实……这个……是给你的……"说完，便侧身从我身边落荒而逃。我愣在原地，回味着他的话，心怦怦地跳着，脸颊有一点发热。

沿着来时的路往回走，边走边好奇地打开了卡片，那一行行正楷像是我心中飞舞着的小精灵。

那是首聂鲁达的诗《我喜欢你是寂静的》，只字片语间，我懂得了青涩的碎语：

我喜欢你是寂静的，仿佛你消失了一样，

你从远处聆听我，我的声音却无法触及你。

好像你的双眼已经飞离去，如同一个吻，封缄了你的嘴。

如同所有的食物充满了我的灵魂，

你像我的灵魂，一只梦的蝴蝶。你如同忧郁这个词。

我喜欢你是寂静的，好像你已远去。

在这个盛夏的七月，有一种蝉鸣叫作青春，有一种燥热叫作懵懂，有一种回忆叫作漂泊。我一直固执地认为，时间是为保留记忆而存在的。因为记忆的美好，它有值得回望的价值。

记忆中最美好的，便是和他手牵手走过街头。卡片紧紧地握在手中，风儿似乎在吹奏着甜蜜的交响曲，眼前的树丛似乎变得更绿，洗衣店的霓虹灯变得更加闪亮。

他还是喜欢那样急匆匆地跑到我面前，憨憨地对着我笑。他的每一件衣服，我都细心地折叠好，撒上栀子花瓣，在袖口和裤脚，用调了色的水彩笔写上他的名字，一笔一画，满是情意。

梦里斑驳的树影在脑海中轻轻摇曳着，情侣T恤随风涌动，巨大的影子投在碧绿的海上。日子很单纯，也很浪漫。

每天在干洗店的橱窗前眺望着那栋老式阁楼，树丛间回荡着蝉儿细碎的鸣叫声，褪了色的橘红瓦片，倒映着阳光的橱窗玻璃，窗帘是淡淡的浅黄。

我喜欢安静，喜欢眺望，喜欢对着橱窗画画；他喜欢奔跑，喜欢谈天，喜欢充满节奏的摇滚乐。安静的我和躁动的他，有着属于自己的不同星球，偶尔两个星球会有激烈的摩擦，谁也不清楚，爱到底是一见钟情坚不可摧，还是抵不过时间的考验。

甜蜜的日子一天天过去，转眼间秋天悄然而至，枯黄的叶伴着秋风落下来，萧瑟的风吹散了心底的涟漪。

八音盒旋转着光年消失的速度，古琴低喃着古老的已经不见的凤求凰。采花苍桑的歌词被稚气的声音唱出来，想笑，却在嘴角微弯时就怔住了神。

我挑选了一个白底碎花的信封，里面有我对他的思念和无法割舍的懵懂，也有我的决绝。我知道狂野的草原容不下一道寂静岭，我也知道，他渴望的是狂奔的野马，我追求的是安逸的树懒。

多年后的今天，我依然感觉到青春岁月里充满了宠溺和幻想。然而，当初的美好却再也无法唤回，我再也没有见过那张害羞的脸，那双不经意间停留在我身上的深邃的眸。（基云）

卷 四

年少的暗恋时光

忘了是哪一年哪一天，悄悄地在褪色的课桌上刻下字，渺小谨慎，仅此一个。来自于某个人的名字，或与之有关的。然而对心里的这份暗许，却始终守口如瓶。

是什么让我们拥抱

看窗外，飞越几百里土地，几十个村庄，几千万人口。
我怀疑，我们此生唯一可以相遇的机会，已然错过了。

中学之时，我曾暗恋过一个女孩儿。披肩长发，柳眉星目。每日午间休息时，总能碰上她那张灿若春花的笑脸。我很少抬头看她，依旧面若冰霜的冷漠。

那时我便知道，自己必须保持这样的姿态，才有可能在后来偶然出现的机会中得到她的赏识。因为，那是每一个少年该有的孤傲和本分。

一次，学校文艺会演，有同学报名回来后说，她亦在场。我不顾三七二十一，下楼也跟着报了名。当接收报表的老师问及：你要表演什么节目时，我当堂瞠目结舌。

我从不知晓自己有哪方面的艺术特长。唱歌？我五音不全，一首歌时常能唱出五六个调。跳舞？别说卡住节奏，我连上楼梯都经常摔跤。小品？天生就没有幽默天分。我实在不知道自己能做点什么。

情急中，我忽然想到了朗诵。于是，我坚定地告诉他：“朗诵!”他笑笑，用赞许的目光看着我说：朗诵就你一个人报，准上!

后来的那些天，除了吃饭睡觉上课之外，我无时无刻不在背诵那首名叫《少年的心事》的短诗。滚瓜烂熟还不够，硬是央求着母亲把这首诗的朗诵磁带买来，细细品味，模仿。直到自信地觉得，自己与其相差无几，我才搁下包里的录音机，开始琢磨服装问题。

为此，我想了很长时间。那天，她必定是有节目的吧？我要穿什么衣服才能让她对我心生好感呢？抑或，要什么样式的衣服才能攫住她那双善良清澈的眼睛？

最后，我把表哥的礼服借来了，以期末考进前十为保障。明晃晃的镜子里，我看着正值少年的自己，镜中呈现出的窗外的柳絮飘飞，忽然有种流泪的冲动。少年的心事，为何这般景状？

我很早便去了后台。可直到演出完毕，我假装热情地帮老师清理完舞台，都不曾见到她的半点影子。那夜，我心情跌落谷底，坐在漆黑不见五指的校园小道深处，独自喝了三瓶冰凉的青岛啤酒。

事后，有人说起过她，那日，她的确是报了名，不过，没被选上。就这样，我和她同站一台的机会，错过了。

我想，以后有的是机会。可实质上，我将这份浓烈早熟的情感怀揣了整整三年，都再没出现过任何合适的机会。

毕业典礼上，她穿得像个公主。我在人群暗处，痴痴地注视着她。后来，只见她与我们班的班长侧头说了什么，班长朝我所在的位置一指，她便朝我走了过来。

“你那晚念的诗真美!”她就那么真实而又美丽地立在我的面前。那一刻，我庆幸自己没有晕厥过去。

“还行，呵呵，都是模仿。这首诗，你之前看过吗？你最喜欢哪一段？”我试图问最多的与之相关联的问题，这样，她便可以在回答的同时，与我多相处一段时光。

“我最喜欢的还是末尾的那一段：“看窗外，飞越几百里土地，几十个村庄，几千万人口。我怀疑，我们此生唯一可以相遇的机会，已然错过了。”

她刚念完那段诗，我便接连打了几个万分虚假的喷嚏。因为只有用这种方式，我才有足够堂皇的借口来解释我眼中的热泪。

当晚，我俩互相拥抱，跳舞旋转了一整晚。后来累了，双双气喘吁吁地坐在台阶上。熟络之后，我鼓足勇气，以生平最无所谓的态度说："很久之前，我还是暗恋过你呢!"

她不语。给了我一个长长的拥抱。临别时说："如果……如果……有机会……呵，不过，也不可能有机会了。"

当然，最后这段关于机会的话，是她对我说的。后来的时光，我一直在想，在揣摩，少年的我对于当时的她来说，意味着什么？她为何要说那段含混不清的话？是否，她也曾悄悄地喜欢过我？

很多疑问在我胸中，淤积，沉淀，得不到任何解释。

许多年后，同学聚会，她与同班同学在隔壁楼下的草坪上静坐，依旧美得出奇。她变得内敛了。欢笑之时，也只是抿嘴微微一笑。

不知是谁提议要去最近的舞厅疯狂地跳上一场，顿时全场欢呼。于是，我和她又无由地走在了一起，双双累得气喘吁吁。

只是，直到别离，我们都在不曾提及那首短诗，毕业时的那场舞会。还有，那段关于机会的话语。即便我们都无比明了，此生，恐不会再见，还是无可避免地我们都忘了，模糊了，当年，是什么让我们拥抱?

还好，我们已从那段青涩的年华走出，春草一般安然无恙地掠过了成长的背脊。（一路开花）

青春里，那场谁都会遇上的爱情

或许，在心思萌动的岁月里，在青春的大幕上，谁都会有这样一段经历，
那一刻，我们并不一定要喜欢上谁，我们喜欢上的，其实就是一场懵懂的爱情。

也许是冥冥之中的安排，我与刘仲平成了同桌。

本来，我是不需要复习的。然而，心高气傲的我，高考志愿只填了杭州的一所最心仪的高校。我想搏一下，结果，搏到复习的这条路上来了。

欢迎你，杨姝。刘仲平站起来和我打招呼。这一年，多多关照哇。刘仲平嬉皮笑脸地，一边说，一边为我把凳子拉开。我连正眼也没瞅他一下，就一屁股坐在那里。

本姑娘烦着呢，没空搭理你。好些日子了，我一直都在没被录取

的痛苦泥淖中挣扎着，见谁，都像见了仇人似的。

应届的时候，刘仲平就与我同班，人称“刘胖子”，成绩不怎么样，一天到晚吊儿郎当，同学们都说他身材是盗版韩红的，发型是盗版朴树的，总之看起来不伦不类，不像个学生。

不过，他的字写得很好，潇洒俊逸，颇有古风。据说，他爷爷当过私塾先生，他的字还是他爷爷教的呢。

学校有好多棵法国梧桐。树干上，曾经刻下过许多人的憧憬和希望。我在最细的一棵上，抚摸着高三时留下的那几个字。字已经变得硬而干瘪，风抽干了它的水分，像极了此刻黯淡了的梦想。

我正暗自神伤呢，刘仲平走了过来，喂，才女，干吗呢？又在春恨秋悲了吧。刘仲平像是关切，又像是在调侃。我没搭理他。树上的梧桐叶，开始一片两片地落，我往前走了好一阵，一回头，发现刘仲平还站在那棵小树边，正云淡风轻地朝我笑呢。

嘿，这死胖子。

晚秋时候，我感冒了好长一段日子。家里阔阔的院子里，一院的雀子，树上的，地下的，飞起来，落下去，到处都是。每天，我都数着这些雀子打发在家养病的无聊时光。好容易挨到病好，刚回到班里，刘仲平就冲上来，说，你可把大家给想坏了！说完，手忙脚乱地从桌膛里掏出一个本子，恭恭敬敬地递给我，本上整整齐齐的，是各科的笔记。

我怕漏了重点，老师讲的，几乎都给你记下了。刘仲平脸红红的，透着乍见到我的激动，以及一个大男生的明媚与张扬。

行啊，刘胖子。我一拍刘仲平。那一刻，我很想说几句感谢的话，但千言万语，都淹没在我如花绽放的心底了。

那年冬天，北方下了罕见的一场大雪。同学们奢侈地打了一场痛快淋漓的雪仗，释放的青春，像一团团火，燃烧着。我朝刘仲平扔了不少雪球，刘仲平也向我扔了好多。我们都有些疯，回到班里，湿漉漉的，也不知道是汗水，还是雪水，总之，个个像落汤鸡。

杨姝，你看你的手，冻得通红。刘仲平说完，往自己的塑料杯里倒了满满一杯开水，然后拧上盖，往我面前一推，说，赶紧焐一焐，暖和暖和你的手。

说完，他一抬手，还顺势捡走了残留在我羽绒服帽袋里的一块雪球。

复读班的年假是短暂的，然而，就在这年假里，发生了一件怪事。我发现，除了每天的假期作业外，心里总还有些事，隐隐约约的，放不下。是什么事呢？说起来有些荒唐，我居然有些想我的同桌——那个死胖子。而且，真去想他的时候，居然什么也想不起来，除了胖，模样、神态居然全在我的记忆中丢了。一片空白。

开学的时候，我把这种感受写成一个字条给了梁老师。当天晚上，梁老师就在她的办公室召见了我。我估计梁老师给我的，必将是劈头盖脸的一顿批评。哪料到，梁老师轻拢慢捻，说，祝贺你，杨姝，你喜欢上了一个人。

什么？祝贺我？我有些瞠目结舌。我不敢相信，坐在我面前笑语盈盈的，就是被我视为知己，可以把心底最私密的话都倾诉于她的，最可敬可爱的数学老师——梁老师。

是的，杨姝，你大了，该有一场恋爱了。梁老师语重心长得有点一本正经。不过，你告诉老师一个秘密，老师也告诉你一个秘密。而且，这个秘密还是关于你的。

关于我的？我用手一指自己。是的，梁老师点点头。而且，这个秘密同样关涉一场恋爱。梁老师说这话的时候，眼镜片后边露出一丝诡秘的笑。

是这样的，前些日子，一个学习很棒很棒的男生来找我，当然了，也是咱们班的。他说，他喜欢上了一个女生，暗恋之中，不能自拔，而他所暗恋的那个女生就是你。

我不知道我的脸烫到了什么程度，心“嗵嗵嗵”的，仿佛要蹦出来。梁老师说，不过，我不会告诉你这个男生是谁，就像，我不会在别人面前提及你的名字一样。

从梁老师那里出来，一种说不清道不明的滋味萦绕在心扉，不知道该哭，还是该笑。爱，或被爱，像溶化在心底的糖，满满地浸润开来，甜蜜得有些幸福，也有些无所适从。

春天，郊外植树的时候，我和刘仲平合力种下了一棵树。我在他干得大汗淋漓的时候，为他递去了自己从不轻易让别人使的毛巾。但，那一刻，我的心里淡淡的，静静地。

是的，我的注意力已经不在刘仲平身上了。我所想的是，梁老师说的那个让我怦然心动的同学，究竟会是谁呢？

我曾在心里把学习优秀的几个男生都过了一遍，觉得哪个也有可能是，又哪一个也不像。那一段时间，我做得更多的，就是与他们比成绩。

无论对方是谁，我一定要考过他，这样，也不枉他喜欢自己一场——我曾经这样傻傻地想。

高考结束后，我以650分的成绩如愿被杭州的那所名校录取。刘仲平勉强考上了一所二本的学校，他乐得屁颠屁颠的，说是沾了我的光。说实在的，一年的历练，刘仲平确实瘦了不少，也苗条出了几分意想不到的帅气。

直到最后，也没有男生向我表白过什么。是梁老师编造了一个谎言，还是确有其人，我最终也没有向梁老师去求证。我情愿它成为一个谜，一个永远的谜。因为，重要的是，我在这个谜面上，走过了人生中最重要的一段路程。

我也不知道，那一年，究竟为什么，暗暗喜欢上了刘仲平。直到现在，也说不明白到底为什么。或许，在心思萌动的岁月里，在青春的大幕上，谁都会有这样一段经历，那一刻，我们并不一定要喜欢上谁，我们喜欢上的，其实就是一场懵懂的爱情。

而这，就是令人费解而又迷恋的青春。（马德）

年少的暗恋时光

我以为一场暗恋，结束的时候，什么都不会改变；
但不经意间，它还是那么铭心刻骨地被青春记住，且改变了我们的年少时光。

那一年也就十六岁吧，没来由地就喜欢 上大学里的一个男生。每天背着书包经过他们教室门前长长的樱花路，总是忍不住在飘飞的花瓣里，侧头看他是否在靠窗的位置上坐着。

如果在，我的心，即刻就会像那飞扬的樱花，轻盈、温柔，而且无限喜悦。若是空着，心，也会跟着空洞茫然下去，好像有什么人，将我的身体，掏空了，连那仅存的一点思念，也不给我留下。

这样地爱着他，但他，从来不知道。因为有一天，我们突然地在樱花路上相遇，预演了千万次的一声“你好”，脱口而出的时候，他眼睛里写满的，竟全是诧异。我以为他会记得这个每日都要羞涩地看他一眼的女孩儿，至少，应该像记得那些纷飞的樱花一样，记得这个几乎成了风景的身影吧！

可是，樱花都要谢了，春天也快悄悄隐退，我刻意描画过的唇和眉，我哼唱的美丽的曲子，我一天一换的衣服，我手腕上叮叮当当作响的银镯，我所有的努力，终于还是没有让他将我记住。花瓣落了，还有芬芳，留在他的记忆中，而我，原是连那落花都不如的。

但没有什么花朵，比暗恋更持久更清香的吧？我依然默默地喜欢着他，不管学习如何地忙，我都会在放学的时候，抱了厚厚的书，在小路上徘徊着等他出现。

而后看他和一大帮男生踢着球过来了，便突然地手足无措，想要逃，却是没了力气。只傻傻地站在小路的中央，看他走近了，而后又一侧身，擦着我被风吹起的发梢，便说笑着走过去了。

终于还是让他注意到了我。是一个下雨天，我依然抱书等他过来。他没有打伞，踩雨冲过来，一下子便将我怀里的书，撞到地上去。他连声地说着对不起，且弯腰帮我捡。看到我课本上“孟雨诗”的名字，便笑，说，你的名字和人一样美呢。我以为自己会像梦中想象的那样，脸红得不敢抬头去看他，却是没想到，竟是哭了。他也慌了，不住地说抱歉，真的不是故意将我的书撞到水里去的，而我，再也无力承受这样突如其来的喜悦，道声再见，就飞快飞快地跑开了。

他怎么会知道呢，这个女孩子眼中丰盈的泪水，其实早已积蓄了那么久。

第二天，再经过他的教室旁，竟是有了些许的渴盼。而他，真的就在门口站着！看到我走近了，便晃晃手中淡紫色的雨伞，笑道，小丫头怎么能和我一样粗心呢，也好，天晴了，就可以遮阳呢。我已经忘记了言语，我只知道，那一刻，我是世界上最幸福的那个女孩儿；而到达极致的幸福，不必开口，它自会芳香四溢的吧。

我就这样微微低了头，看着凉拖里激动得不知如何安放的脚趾，接过他手中的伞，而后轻轻踩着他长长的影子，走开去了。

那一天，我逃了课。我在大学的操场上，一圈圈地跑，跑到第八圈的时候，我终于无力支撑，大口地喘着气，卧倒在一旁的草坪上。我的泪水，再一次冲溢而出。十六岁的我，就这样被突如其来的爱的山洪，淹没到几近窒息。

我在很短的时间里，了解了他的全部；而他，却依然对我一无所知。可是，这又有什么呢？我可以如此自由地爱他，可以每天从他的窗前经过，可以听到他和暖的声音。这，对我，已是足够。

依然会在青石板铺成的樱花路上“偶遇”。他开始对我微笑，这是他特有的打招呼的方式，唇角上扬，暖暖的笑便溢出来，将我一颗低到尘埃里去的心，溅湿了。

而我，亦鼓足了勇气，轻昂了头，去迎接他的视线。我听见自己，在他的目光里，劈劈啪啪燃烧的声音，那样地疼痛，又那样地甘心。再没有任何言语的交流，我只是他的点头之交，而他，却已是我生命的全部。

两年，就这样转瞬即逝。我高考的分数，足够报考北京的重点大学，但却执意要读这一所大学。

我终于可以名正言顺地去他去过的一切地方，图书馆、自习室、英语角、体育馆。他有没有注意过这样一个女孩子呢？她换了他喜欢的鬈发，她努力地用一切可以美白的化妆品，她听说他喜欢蓝色，她穿所有蓝色系的裙子；她在雪天里摔了一跤又一跤，只为将滑雪的姿势练到最美。

在我还没有搞清楚这个问题的时候，他的身边，就出现了一个小巧的女孩儿。我以为真的会像他文章里写的那样，可是，却是那样迥然不同的女子：直发及腰，皮肤略黑，爱穿白色的棉布衣裙，说话的时候，有他曾说不喜欢的微凉的语气。我所有为之付出的一切改变，就这样成为虚空。

有一天，我在漫天飞舞的樱花里，又遇到他，一个人，看到我，却是神情淡然。他擦着我飞起的发梢，快要走过去的时候，我终于回转身，叫他：辰。他惊讶地回头，怔怔地看我，而后说，请问，你是谁？我们曾经认识吗？

我以为自己会像三年前的那个雨天，哭泣，却是没有想到，我在他的诧异里，笑了。说完，我便迎着那柔软的樱花，开心的鸟儿一样，跑跳开了。

樱花飞尽，我的这场漫长忧伤的暗恋，也终于结束了。

两年后的同学聚会上，举杯喝到大半，突然有一个男生，走过来对我说，雨诗，你知道吗，你蜜色的皮肤、俏皮的马尾、橙色的衣裙，曾是我们宿舍所有男生心里最温情的记忆呢！可是而今，你怎么把我们集体暗恋的那个小女孩儿，给丢掉了呢？

我以为一场暗恋，结束的时候，什么都不会改变；但不经意间，它还是那么铭心刻骨地被青春记住，且改变了我们的年少时光。（安宁）

和青蛙王子的碎碎流年

你一个人的时候，会不会也像我这样，习惯在身边空一个座位。
然后，闭上眼，再睁开的时候，你坐在那里对着我笑。

起风了，我这边春暖花开了，你那里呢。

记得某年的某一天，我在写作业，要考试。可是面对着满卷子的计算题，我很无奈。你发来短信说，怎么办？你那么笨怎么办？呵呵，不会做就算了，反正也不是所有人都会。

你不知道吧，我拿着短信在图书馆就笑了。

应该不会有人像你了，站在身边就会觉得温暖，就有了底气，就可以放心大胆地和别人吵架，就可以无所顾忌地耍赖。我是不是没有讲过这样的话，我总是小心翼翼地把心事藏起来怕别人看见，却又希望即使这样你也可以看得明白。

想起自己那样沉溺的需要你的关心照顾，有些惭愧。虽然我总是没心没肺地让你做这个、做那个。

从什么时候起，觉得岁月也温暖，时光也温暖。假如没有遇见你，我会是在哪里？

我骗你的那些小把戏，却总是让你当真了。每次说着，我不相信你了，还是会继续相信。

做梦梦见一只大大的青蛙帮我吃掉了吵闹的苍蝇，醒来后第一个就想起你。你是不是那个青蛙王子，愿意安静地守候在这里。

自己是个太任性的人，可是那些任性却化作你眼里的率真和可爱。肯定也有人说过，我很差劲。尽管你每次都在别人面前说我的好。我们一起手拉手晃过的时间，街道，它们会不会也甜蜜地笑，我记得，我都记得，你的好。

你买给我的植物，现在还好好地生长着。虽然你担心我天天给它换土它活不了。相遇时说的那些话，只有我们明白的那些话。现在想想，不多，但是都坚定得让那个对方相信了，我们要一直在一起。

空气中有花的香味，有阳光，男孩子在操场上打篮球。下午我坐在网球场边上，戴着大大的耳机，身旁有个空缺的位置，你一个人的时候，会不会也像我这样，习惯在身边空一个座位。然后，闭上眼，再睁开的时候，你坐在那里对着我笑。

一南一北，是半个地球。沿着这条线，我们就会遇到。拿着地图找到你在的城市的坐标，画一个心形。（Sunflower）

那时陪伴我的某某

我们相爱，却没有办法去懂彼此的坚持，去原谅那些青春里的自己。

二〇〇二年的冬天，印象中的小城都是灰蒙蒙的一片，不止不休地下着一场又一场雨。

那一天的我被母亲关在门外，不知道能去哪里，只有把你从老楼房里叫出来，并肩站在江滩上吹风，手指被冻得僵硬，都不懂该如何牵起彼此的手，只好任风这样地吹着。呼啦呼啦就是一整个冬天的年少。

你知道吗，陆辰，我还是喜欢我们二〇〇二年时候的样子，即使你从未牵起过我的手。

我可以在大雪的晚上看到站在练功房外面等我的你在雪地里逗一

只猫，存了三个月的钱买的跑鞋被随意地搭在背上，然后站过来帮我拂去发丝上的雪。那个时候的我们那样亲密，你会逃掉晚自习给我买一杯温热的奶茶，焐在怀里，生怕它冷掉，再陪我走过练功房下面一条黑黢黢的小路。

在那些年里，那一段路，我一直跟在你后面，只要看着你笔直的背脊，就觉得安全。以至于后来的很长一段时间里，我总会想起你那些时候的样子，小心翼翼地走在我前面，让我抬起头来就能看到。

我出生以来就没有父亲，总是被院子里调皮的小孩儿欺负，你每次都挡在我前面，那个时候的我，躲在你单薄的身体背后，透过你被阳光镀成了金色的发丝，看见了我们头顶浮云万朵的天空。

直到有一次我把你拉到学校后门，堵住欺负我的同学，看着你把厚厚的砖头盖在他的头上，然后拉着我走出了那一条漆黑压抑的小巷。

那个冬天很冷，你被学校除名，被打的那个男生中度脑震荡，家长来学校闹得很厉害，他企图向校方揭发出罪魁祸首的我，却被你恐吓。那一天，我躲在长长的走廊后面，看着你被你父亲打得出鼻血，我都不敢冲出去告诉他们你是因为我才犯的错。

之后我总是在想，如果那天我能够勇敢一点点，我们会不会有比现在好一点，哪怕只是好一点的结局。

那天的后来，你收拾了书本，跟着你父亲走出了学校大门。

路过我身边的时候，你对我笑，说没事的。我想对你说点儿什么，却被卡在了喉咙，只好追着你在阳光下越发好看的侧脸，把它镶嵌进我们最好的时光里。

再次见到你是在学校后门的小巷子的网吧里，我打听到你在那里跟人玩线上游戏，打败了许多高年级的学长，然后他们就给你买各式各样的夜宵。

我翘掉了晚自习，花了一个星期的晚饭钱，买了一份你最爱吃的香辣蟹，在那条巷子来来回回走了三遍，终于在网吧偏僻的角落里找到了你。

你坐在那里抽烟，抬起脸跟我说话的时候呛红了我的双眼。

你说浅浅，怎么没去自习?

我一时间不知道怎么回答你才好，只有拉着你的衣袖，把你拽出来。在小巷子里昏黄的路灯下，我看不清楚你脸上的表情。你蹲在路边，边啃着我买给你的香辣蟹，边口齿不清地跟我说，浅浅，我现在挺好的，好几家俱乐部找我去踢后卫。

也不知道为什么，听你说着这样的话，心里那些不安的情绪竟然一圈一圈渐渐平息下来，蹲在你旁边张牙舞爪地一起憧憬着各式各样的未来。

春天快来的时候，门口的老槐树还没来得及发出新芽，我便开始奔波于各个高校的艺术招考之间。

你站在小城破败的站台上送我，穿着不合时宜的外套，不停地打喷嚏，却不忘给我买各种各样的零食从车窗的缝隙塞给我。你说浅浅，到了北京报个平安。

我看着车窗外面你渐渐远去的轮廓，你张着嘴巴要对我说什么，火车轰轰的声音覆盖了我们。我在摇摇晃晃的车厢里做了一个梦，梦里的我们是初识的样子，我跟着母亲刚搬来这座小城，路边的花都开了，你翻过砖墙，帮我捡一只风筝。然后你拿着破烂掉的风筝，走过来安慰蹲下去哭得打嗝的我。我接过风筝丢到垃圾箱里，并不理你，昂着头走掉了。

陆辰，倘若能够再回到那一天，多好。即使转身走掉了，也可以抬头再遇见。

我是在北京大风沙的天里遇见夏宇的。他戴着大大的口罩，在我考试前给我送暖手的水袋，然后一起坐火车回到小城。

那一年的六月，我收到了北方那所大学的录取通知书，不再成天跟你混在一起。一天你到我家楼下等我，我磨蹭了半个小时才出门，在昏黄的路灯下，我对你说，陆辰，你就打算这样过一辈子吗？

你看着我笑了笑，然后头也不回地走掉了。

余萌萌就是这个时候出现的，她穿着好看的牛仔裤，一整天都黏在你旁边，给你买各式各样的饮料，坐在楼梯上等你。

所以有了你们的绯闻也是理所应当的，她开始代替我，跟你出双入对，形影不离。

可是我一点儿也不忌妒，因为我身边有了夏宇。他会弹好听的钢琴曲，跟我聊莫扎特、巴赫。那个时候的我，被另一种光鲜的生活冲昏了头脑，忘记了你大冬天的夜里给我送一杯热奶茶的样子。

九月的时候，我跟夏宇一起坐上北上的火车，站台上怎么都找不到你的影子。那时候，我松开了夏宇握紧我的手，开始忌妒成天待在你身边的余萌萌。

假期从北京回来的第一天，在乌烟瘴气的棋牌室里，我看见你出老千，被一群小混混儿按在地上打，余萌萌奋不顾身地挡在你面前。

后来我在江堤上找到你们，你并不抬头看我，我对着你大声地说，陆辰，你不能做一点点有用的事情吗？

你转过身看了我一眼，走掉了。余萌萌站起来看着我，她说浅浅，你走，别出现在我们的生活里了。

很久之后的午夜，我接到余萌萌从小城打来的电话，她喝醉了酒，说了许多跟你有关的曾经。

余萌萌说，那一年，你知道我考上了北京的学校，去求你的教练，让他给你一次机会，能够跟我站在一起，只要你说出是我指使你打人，你就可以有高考的机会，你不愿意；你后来知道我跟夏宇在一起，把他堵在黑夜的小巷子里，让他一定要对我好；那次他们在棋牌室出老千，是因为你答应我要跟我一起来北京，北京的俱乐部开的条件苛刻，你没有钱医你父亲的糖尿病。那时候你有很好的机会去上海的俱乐部，他们开很高的工资，却只是因为我给你写的那封信，让你来北京。

余萌萌说，还有浅浅，你知道吗，第一次陆辰被退学，他看到你在走廊的拐角，他以为你会站出来为他说一句话，你没有。第二次在棋牌室门口，看着他被打，你也没有来拉一拉。最后余萌萌说，浅浅，他现在在北京。

你不知道，我花了多大的力气才找到你。在俱乐部的练习场地上，你说，浅浅，北京的风真大。如果有一天，我们都变得好起来，我们就在一起吧！

我蹲在地上哭得直不起身来。我知道，我们不会有那样的以后，你可以在我的回忆里，可以在我的青春里，可以在我时光的沟壑里对我挥手，却不能站在我的身边。我们相爱，却没有办法去懂彼此的坚持，去原谅那些青春里的自己。

陆辰，祝我们在以后的日子各自幸福，各自美好。（蜜小卡）

暗　恋

她想，她应该很感激，她的青春不是耗在暗恋里，而是晒在日光下，
最终让另一个人，看见了一步步成长的自己。

很多年后的一天，她在网上看了一部叫卖声极高的电影，叫《初恋这件小事》。那日，屋外阳光灿烂，她拉上窗帘，坐在电脑前，双臂环膝，整个人缩在椅子上，看屏幕中一幕幕熟悉的画面晃过，有什么不急不缓地从眼角淌下。

很多年以前，她也暗恋过一个人，也许已经不能算是暗恋——哪有暗恋暗到无人不知，暗到大半个年级的女生都为之动容的？

她第一次遇见他，是在一个阴沉的雨天，她戴了副眼镜，穿着拖鞋，往教学楼走去。

仅仅是一个抬头，她瞧见了正下楼的他。论长相，他其实并不出众，只是干干净净的一张脸。他淡淡地望了她一眼。与他错身的一瞬，她分明听见有什么撞击了自己小小的心脏。

后来，她从朋友口中探得，喜欢他的人很多，多到出乎她的意料。原来他去年在艺术节上表演的那段街舞，已掠走了许多女孩儿的心。

从此，她再没摘下过眼镜，只为了把他看得更真切一些。他的篮球赛、街舞表演，她一场也没有落下过，她永远在场外静静地看着他，不似其他女孩儿那样尖声欢呼。

他学习成绩很好，又多才多艺，在那样一个学生年代，被众星捧月是再正常不过的事。而平凡如她，唯有努力学习，追上他的脚步。

等他们站上了同一个舞台，她站到了他身边时，她却依然只能遥望。因为，他有女朋友了。朋友将消息告诉她时，担心她会难过伤心。可她平静地说，多好，他不是孤单一人了。朋友们放下心来，也就没人看见她夜晚躲在被窝里，捂着嘴默然流泪的模样。

唯一一次，她在放学的路上撞见了他们。女孩儿坐在他的单车后座上，靠着他的背，揽着他的腰，他侧过脸，昏黄的落日映出了他满是幸福的笑容。

她依旧关注他的每一场比赛，依旧在节日以匿名的方式送他礼物，偶尔在办公室看见他满是对钩的卷子，会默默地笑很久。

然而毕业前夕，他和女朋友分手了，朋友们便鼓动她去表白。

又是个雨天，周六的清晨，天灰蒙蒙的。她站在宿舍外的走廊，可以看见篮球场上有一个人影在跑着，跳着——是他。她知道，他在难过、在发泄；她知道，他有多喜欢那女孩儿；她知道，他忘不了。这么好的他，也有不得不放手的爱情。

她悄悄留下了一把伞，转身离开。

很多年后，在一次聚会上，朋友说起他，说他至今还留着那把伞。朋友问她，是否遗憾没有亲口告诉他喜欢过他。她笑着摇头回答，即使我没说，有你们帮我传播，他也都知道了，不是吗?

是的，他都知道，知道有这么一个她，知道她喜欢他。但他能够回应她的，只有那两个字。她没告诉朋友，在毕业那天，与他擦肩而过的瞬间，他说了句，谢谢。

世间并没有那么多完美的结局，不是我喜欢你，你便也要喜欢我。

电话铃声响起，是低沉的男声，带着宠溺的味道问她：“今晚想吃什么?”

她最终没有看完《初恋这件小事》，她知道，那是一个完美到令人无法释怀的结局。所以断在这里，再美不过。

她想，她应该很感激，她的青春不是耗在暗恋里，而是晒在日光下，最终让另一个人，看见了一步步成长的自己。（栀鸢）

你可知道我曾经好喜欢你

那棵大榕树四季依旧悠悠地随风舞动，向天空轻轻地诉说着快乐的时光，
漫天云卷云舒，悄悄地倾吐着：我曾经好喜欢你……

一个熟悉的声音在叫我，一回头，是他。

曾经想象过许多在不同时、不同地、不同景、相同的人——我和他的相遇场景，总是不自觉地燃起小鹿乱撞的情怀。多年没见到他，这一叫，曾经所有的羞涩都化作了一声淡定的"嗨！好久不见！"一转身，才后知后觉到我从脸颊到耳根都在发热、发红。对，好久不见了。

你长高了，印象中的脸庞轮廓还是那样的眉清目秀，但多了些成熟的气息。在面对那双眼睛时，不会紧张得眼神闪闪躲躲了，热情地直视着，透过眼波让我想起了那些年。

温暖的阳光透过院子中央茂密的大榕树，星星点点地砸在地板上。我们总是喜欢在大榕树的怀抱中玩耍嬉戏。捉迷藏、过家家、“三个字”游戏，趴在粗大枝干上说笑，躲在角落里密谋捣蛋，商讨创造新的游戏玩。不管太阳多么猛烈都玩得不亦乐乎，直到被各自的爸爸妈妈喊回家吃饭，才恋恋不舍地放下手中的泥巴。大院子里的每个角落都充满着我们这群小孩的欢声笑语。

春去秋来，阴雨晴空，小孩的眼中都是奇幻美妙的，没有那个叫“大人”的世界的忧愁烦恼。就这样，那些年的夏天，那棵大榕树，见证着我们无忧无虑的童年。

直到院子里的一些旧房子要拆，你家搬离了大院，能在一起玩的伙伴少了又少。没有了玩伴们的陪伴，习惯了每天满院子跑大声欢叫的我，备感孤寂。正是青春荷尔蒙萌发的时期，浓绿的榕叶在微风轻轻滴吹拂下，细细嗦嗦地在说着悄悄话，似乎在讨论我的心事。

你还没有远离而去，你就在隔壁班。当看到你我会心跳加速时，懵懂的我意识到再也不能像小孩一样和你玩耍了。

总是期待在上学、放学的路上遇见你，但看到你的身影了又很害羞地匆匆跑开。总是在下课时在走廊驻足远眺，然后故意地转头偷看你与男生们的打闹。总是在文娱节时假装路过篮球场，寻看你打球的身姿。总是在和其他女生聊八卦时不经意间问问你的情况。就这样每一天都怀揣着小心思，在日记里写下对你迷恋的悸动。

后来，我们到了不同的学校，距离远了。我把大量的心思放在了新的学习生活，但在各种繁忙的间隙中，我还是会偷偷地思念你的笑。

后来的后来，通过曾经与你同班的同学，我看到了你的毕业照，最后一排左边第一个，那张青涩的脸庞，激起了心中小小的涟漪，缓缓地，不紧不慢地，多美好。

五年了，就这样自然地相遇了。嘿，真的好久不见。再翻开曾经为你而写的日记，字里行间的幼稚青涩伴着心弦拨动着。你听得到那年夏天清风吹送给你的絮语吗？简短的问候、热切的留言之后，各自走向不同的街头，身影隐没在车水马龙之中。

如今，你心中已有了深爱的她，我的他也暖暖牵着我的手。那棵大榕树四季依旧悠悠地随风舞动，向天空轻轻地诉说着快乐的时光，漫天云卷云舒，悄悄地倾吐着：我曾经好喜欢你……（佚名）

青春窗口的一弯月牙儿

没有人生来就懂得如何去爱，所以，有些感情永远无法说出口。
他微笑时弯弯的眼睛，想停留在青春窗口的一弯月牙儿，
定格在我十七岁的回忆里。

上中学时，我曾深深地喜欢过一名男生。他长得并没有多帅气，学习也不是特别出色，月牙儿一样的眼睛笑起来就眯成了两条缝。他喜欢穿一件绿色的夹克，笑容灿烂而腼腆，总让我想起“接天莲叶无穷碧”这句诗。

我和他同届不同班。隔着我班教室的窗户，可以看到他班教室的窗户。上课时，我老是走神，向外张望，希望透过窗户看见他读书时摇头晃脑的样子。

可是，这个小小的愿望从没实现过，除了窗户、屋檐和偶尔飞过的小鸟，什么也看不到。

不知道从什么时候开始，我发现他也会偷眼望我 。我想，也许是我在校同大会上领奖的时候，也许是我坐在操场上忧郁发呆的时候……

我们没有说过太多的话，在校园里遇见也只是擦肩而过。更奇怪的是，每次周末回家和返校的路上，我们总会不期而遇。他骑着自行车风一般掠过我的身边，回头一个笑脸，从来不会等我。

我也没想过让他等我，能这样遇见，相视一笑，我就已经很满足了。

后来，遇见的次数多了，我们之间有了一种奇怪的默契，话还是不多，却像老朋友一样。

那时，我不懂这就是男女之间那懵懂的爱，只觉得青春像只纯洁的白色飞鸟，飞得好快，抓也抓不住。

一次，在食堂打饭时遇见他。当时排队的人很多 ，我看到他挤在前面。他回头时看见我，问需不需要帮忙打饭，我脸红着说不用。旁边的死党都说我好傻 ，白白错过这么好的机会。我心里却偷着乐，觉得可以借机多看他几眼。

晚自习后，又在教室门口遇见他， 他关切地对我说“睡个好觉，明天还要早起”。我心里乱乱的，却又觉得很甜蜜。那时，我们都忙着高考复习，一直保持着若即若离的状态，有时感觉很亲近，但似乎也没什么交往。

我们最亲近的一次，是在那年冬天晚自习后的一个星夜。稀疏的几颗寒星点缀在幽蓝的夜空，我从操场路过，恰好遇见他，我们就一起坐在操场上说话。他问我冷不冷，我说不冷，他碰了一下我的手，我的手冰凉冰凉的。他犹豫了一下，说了句“我帮你暖暖手吧”。

当时，我既紧张又害怕，我以为他会把我的手紧紧地攥在他的手星，没想到，他竟把我的双手夹在他的胳肢窝下，我们面对面地立在那儿。

我虽然冲动地很想让他亲我一下，但当他也冲动地要拥抱我时，由于害怕，我还是拒绝了他。

再遇见他时，他还是粲然地笑，只是少了一份默契。后来，看见他跟别的女生在一起说笑，我心里很难过，感觉他疏远了我。一定是因为我拒绝了他的拥抱，他以为我不喜欢他。

高考越来越近，大家都在忙着复习，我也来不及思索这些事情了。也许是很少出教室的原因，我很少再遇见他，偶尔遇见，也只是远远地扫上几眼，匆匆而过。

终于，我考上了自己喜欢的大学。

启程去大学报到那天，我看见汽车上坐着的很多都是我的同学和校友，我也看见了他，他微笑着向我示意。

他坐在汽车的后排，我坐在最前面。我很想和他坐在一起，想在奔赴大学之前和他说一些话，但又感到羞涩，没有移步。巧的是，汽车后排的一位同学喊我过去聊天，我便装作兴高采烈的样子跑了过去。

我坐在他后面的一个座位上，没心思和同学说话，一直在悄悄地望着他。我故意说话时声音很大，好让他听到，我想引起他的注意。我看见他微微地回头，好像是在侧耳倾听，又好像是在回头偷望，又好像什么都不是。该下车了，我们什么都没说。

从此，我再也没有见过他。

大学四年里，我也谈过恋爱，但再也没有那种心如鹿撞的感觉。他去了什么学校，后来又去了哪里，我一无所知，也打听不到。我曾试图找过他，写了很多信，都石沉大海。

有时候，我幻想，如果再让我遇见他，我一定很明确地告诉他，我喜欢他。

没有人生来就懂得如何去爱，所以，有些感情永远无法说出口。他微笑时弯弯的眼睛，想停留在青春窗口的一弯月牙儿，定格在我十七岁的回忆里。（李愫生）

最最单纯的喜欢

想起那个有风的操场，那个能照进阳光的教室，那些台灯下发呆的夜晚……
想起来的其实是我的青春，是我生命中最初的感动和年少时简单的快乐。

我依然记得多年前那个阳光很好的下午，小北穿着一件紫色的球衣在操场上追赶足球，风把他的衣衫吹得鼓鼓的，像一面奔跑的旗帜，成为我记忆中永不褪色的风景。

小北其实不叫小北，只是我想这么叫他。

上初二的时候他转来我们班，瘦瘦的，个子和我一样高。这个豆芽菜一样的小孩，后来成为我心中不敢言说的一个小秘密。小北长着一张娃娃脸，细碎的眉眼，笑起来清清朗朗的一脸阳光，那么好看；小北学习好，是我们班的数学科代表；小北的字写得实在不敢恭维；小北话不多，大多时候他只和男孩子玩……其实我能想起来的关于小北的也就是这么一些零碎的记忆。印象中我们接触真的不多，到毕业的时候他和我说过的话也总共不到十句。

除了有一次，我印象深刻。

那时老师为了锻炼我们的胆量，每天上课前让一个同学到讲台上给大家讲个小故事。那次刚好轮到我，刚站到讲台上的时候我很紧张，声音也小得像蚊子叫一样。下面的同学渐渐没了耐心，窃窃私语起来，根本没人注意我在讲什么，我被晾在那里，尴尬无比。不知所措地低下头时，就看见了坐在第一排的小北，正笑意盈盈地望着我，他在等我讲下去。

那一刻，我忽然就觉得教室空了，周围嗡嗡的说话声像电影里的背景音乐一样，一点一点退了下去，我听见自己的心“咚咚”地跳得很快，还有小北，安静地微笑地坐在那儿，看着我。他的笑仿佛早已洞穿了我所有的心思，今天想来，那个笑容是何其暧昧。一下子我就觉得很生气，大喊一声：“都别吵了！”全班呆住。我气呼呼地讲完那个见鬼的小故事，气呼呼地回到座位上，讲了些什么自己也不知道。

我后来一直想的是，小北那样看着我是为什么，那样一张天真的面孔怎么会有那么暧昧的一副笑容，可是始终也没想明白。

拍毕业照的那个早上阳光灿烂，老师指挥我们站队。我在乱糟糟的人群中偷偷看小北，看见他亮晶晶的眼睛，微微上扬的嘴角，碎碎的短发在风里飘啊飘，还有阳光在他身上跳着舞。我多想让时间就这样停住，想为我的小北放声歌唱……毕业照拿到手的时候，我看了又看，最终还是把小北和自己剪下来，拼在一起粘在日记本里，慎重地署上日期。那时我有点难过地想，以后再也见不到这个人了。

其实后来我又见过小北几次。

最后一次是高三的时候，我们在车站不期而遇。只一眼，我便认出了他。我惊讶于他的变化，还是那种安静和内敛的气质，但是多了一份成熟和稳重，已然是个大男生了。我看他，他也看我。走近了，走过了，回头看时，他也正回头往这边看。

但，我们没有相认。转回身时，我心里暗潮汹涌，有一点惆怅，忽然想到那句诗：此情可待成追忆，只是当时已惘然。

以后的岁月里，我遇见了许多人，相识又分离，自己也改变了很多。深刻地爱过几个人，也骄傲地伤害过几个人。小北已经是淡去的儿时记忆，没有向谁说起过，是因为我自己也都快要忘记了。

想起那个有风的操场，那个能照进阳光的教室，那些台灯下发呆的夜晚……想起来的其实是我的青春，是我生命中最初的感动和年少时简单的快乐。

想起了小北，想起了自己青葱岁月里最单纯的喜欢，年少时最真诚的想念。小北不知不觉成为我青春里的一首歌、一个闪亮的符号、一道墓志铭，而所有这些，已无关爱情。

生命原来是一场有规律的相遇和错过，人与人之间就是不断地找寻和丢失。

我想，如果生活真的是一个圆，那么能够走回原点的人该是多么幸运。到今天，受伤了，厌倦了，想回到最初的人又怎会只有我一个。（颜颜）

卷　五

还没有来得及发生的爱情

我们在十几岁的年纪穿越四季，穿越荒唐，穿越放学后夕阳笼罩的操场。在童言无忌的时光里，遭遇一场华丽而单薄的牵手。

谁是你拿来爱的人

不是每个人，都适合和你白头到老。
有的人，是拿来成长的；有的人，是拿来一起生活的；
有的人，是拿来一辈子怀念的。

梁晓声写过一个知青的初恋。

下放农村时，机缘巧合，男知青被安排到当地的卫生所居住，和唯一的一个小护士就隔着一个门诊室。他们都不主动说话，腼腆得很。“她并不美丽，也不漂亮，我并不被她的容貌所吸引”。只是，他早上起床，会发现炉上总有一盆她为他热的洗脸水。

有一天，他回家来，发现被子也被叠了，枕巾也被洗了，窗上还多了一盆野花。地上，还有一截女孩儿束发用的红色塑料绳。或许是她故意留的？一番思想斗争，他鼓足勇气，第一次走进她的房间，还给她塑料绳，也开始了一段纯净的爱情。

后来，流言蜚语传开，她被调去另一个连队，而他不久被推荐上了大学，从此断了音讯。

十年后，他的一篇作品获奖，在读者来信中，有一封竟是她的。信的背面写着："想来你也成婚，所以请原谅我没有留下通信地址。一切都过去，保留在记忆里吧……"

那个知青，就是梁晓声。他发出感叹："初恋之所以令人难忘，盖因纯情耳。纯情原本都与青春为伴。青春已逝，纯情也就不复存在了。"

这种爱，一辈子无法忘怀，也无法被替代。因为错过无法延续，又具备了理想爱情的气质，凡俗的柴米油盐哪里能够比拟？

每个人的初恋，大抵是十分纯情的。跨过初恋，爱情就生出了很多的姿态。

有人风流，见一个爱一个，就如蜻蜓点水从不深入；有人冷漠，再不会拿出真心爱第二个人，在婚姻里习惯拿出冷暴力；有人屡败屡战，每一次投入爱情都像初恋，至于结局是否完美，要看造化；有人将爱情转化为亲情，相濡以沫，牵手到白头。

不是每个人，都适合和你白头到老。有的人，是拿来成长的；有的人，是拿来一起生活的；有的人，是拿来一辈子怀念的。

谁是你拿来爱的人，蓦然回首，你寻见了吗？（陈敏）

一封没写爱字的情书

我只是不能忘记，她曾经带给我那样明媚的一段时光，那样清新的一种憧憬，
她翻开了我那颗懵懂的少年心，在扉页上写了一笔最初的恋情。

在我的感情生活中，多么强烈的、缠绵的，多么凄怆的、死生别离的爱情都曾经出现，但是那样纯洁的初恋却永不再来。

在我以拉兹自诩的那些日子里，我一直把她称为我的大辫子丽达，我永远的丽达。

我从来不知道她心里对我怎么想，我心里的种种揣测简直让自己发疯。

那时候的年轻人可想不起给自己钟爱的姑娘送九百九十九朵玫瑰花，既没有那个钱，也没有那个胆儿。我鼓足了勇气也就是送她几张地摊上买来的小歌篇儿，准确地说，是把歌谱照在120底片上，四周

贴个小花边儿。

歌词和歌谱都照样模模糊糊的，可是那并不影响我成天哼着《我们的生活比蜜甜》或是《边疆的泉水清又纯》，而且把这种甜蜜的、清纯的感觉作为信物赠送给她。往往在第二天早晨，我就听见她哼着这些旋律飘进工厂大门，我把她的歌声视为一种默契，为此我感到幸福无比。

我就是这样走近了我的丽达，我的爱情。

我用了整整两天的时间炮制了我有生以来的第一封情书，假如那也可以称为情书的话。“爱”字是绝不敢提的，信上只是写了你像丽达，美丽大方；你是焊工我是钳工，咱们俩志同道合等等，就这样还把我憋得满脸通红。

我简直是狼狈不堪地流窜到我心爱的姑娘面前。我估计自己那副做贼心虚的样子实在太惹眼了，惹得她好几次问我：“你是不是有什么事呀？”

“没有，嘿嘿，什么事也没有。”

直到推上了自行车，我也不骑，也不走，还是一个劲儿看着她傻笑。她用那双黑白分明的大眼睛使劲儿盯了我一会儿：“程前，你到底有什么事呀?”

“有……有封信……想给你。”我也觉得再不说就没有机会了，终于磕磕巴巴地把几个字挤了出来。

“哦，有封信，那就给我吧。”她一副落落大方的样子，倒让我的心狂跳不已，我不敢去揣测她是否也在默默地期待着我表露心迹。

我掏出那封快要化了的信，她刚刚接住，我飞身骑上车就跑，像是什么亏心事大白于天日之下那样仓皇。

那一夜，我在那张伸不直腿的小单人床上开始睁着眼睛做梦。

我一千次地设想了第二天见面时她的表情。

可下班的时候，她还像往常一样跟我一起往外走，依旧说说笑笑，似乎很随意地问了一句：“哎，你什么时候生日?”

我赶快毕恭毕敬地告诉了她，一副如临深渊、如履薄冰的样子。

她笑了起来：“嗨，你比我小三岁，还是小孩。”

这话让我有点儿沮丧，但我分明看见，她瞟我的眼神里有一种亮晶晶的温柔一闪而过，她细碎整齐的牙齿在夕阳里闪着糯米一样滋润的光泽。

在这种忐忑不安的期待之中，我的生日很快就到了。那一天早晨，我没有感到什么特别的不同，直到她来到我的面前，把一个一尺多长的报纸包裹递给我，歪着头调皮地一笑："生日快乐！"

我的心忽悠一下掉进了温水里，她一扭身跑开了，辫梢唰地划出一道漂亮的弧线，那道优雅的划痕永远地印在了我二十二岁的生辰上。

报纸里是一个漂亮的大洋娃娃。打开的时候娃娃是躺着的，一双闭着的大眼睛上，长长的睫毛密实得像两把小刷子。我把娃娃一拿起来，那双大眼睛忽悠一下竟睁开了，娃娃像个活孩子似的冲着我笑，倒把我吓了一大跳。

后来我才知道，这个娃娃要花十块钱才能买下来，而且只有城里最大的百货商场才有。十块钱是我一个多礼拜的工资，当时的年轻人结婚请客，十块钱就是一大桌酒席呀！

我认定这份昂贵的礼物意味深长，这不是我自作多情。

没过多久，她考上大学，学医去了。我没有特别去送她，她也没有特意来告别，我们像一般的朋友那样淹没在人群之中，淡淡地互道再见，说着一些不关痛痒的祝福。

那一刻，我的心里有着一种诀别的悲怆，我明白我们很难再见。

多少年以来，丽达始终是我生命中深藏的一道谜题：她是否真正喜欢过我？她是否像我这样真正在乎过？她有没有过对那三百米路的期待？她接过我那封信的时候心跳吗？

这一切我都不可能知道了。我只是不能忘记，她曾经带给我那样明媚的一段时光，那样清新的一种憧憬，她翻开了我那颗懵懂的少年心，在扉页上写了一笔最初的恋情。

一九八八年，我获得全国十佳电视主持人大奖以后，接到了丽达寄给我的一张明信片，上面只有五个字："程前，祝贺你。"（程前）

那 年 秋 夜

已是深夜了，少年在那湿湿的小巷中蹀躞。
小巷空无一人。夜在移动着，他们的心也在移动着，湿湿的，也温热着。

雾水泼一样。那雾缠绕在这个南方县城的小巷，人就像在水中。两个少年并不愿离开。月亮停在中天，高高的。那冰洁的光亦如水一样泼下来，人就是湿的了。

已是深夜了，少年在那湿湿的小巷中蹀躞。小巷空无一人。夜在移动着，他们的心也在移动着，湿湿的，也温热着。

那个叫若笮的女孩儿并没说回去，其实过了一个小桥，就是她的姑姑家。她家在小镇上住，寄住在姑姑家。她不说走，表示不愿离开。这个男孩儿还没无知到如此地步，于是极愿意奉陪到底。他们并没有什么话。

因为找不出要说的话。可是这又何妨呢?

他们认识的时间并不长，就在前不久，另一个高个子的男孩儿，对少年说，我们去看一个好看的女孩儿。于是他们就去了那个在水边的小镇，在一处门口挂满了梨子的大树下，他们见到了这个现在就在眼前的女孩儿。

那天少年还有点吊儿郎当，他首先是看上了大树上的梨，那满枝披挂的梨，坠得大树弯了腰。那晴空的夏日，没有风的乡村静谧无比，头顶上的白云，是世界最蓝的颜色。

大树在这样高高的蓝天下，挂满了它最心爱的果实，显得十分美丽和骄傲，就在这个时候，那个后来知道叫若笮的女孩儿走出了家门，她一眼看见这两个慌张的男孩儿。她立即停住：“你们找谁?”

那个高个子的：“不找谁。来看你的。”

女孩儿立即一脸的愠怒，这时候的她真是无比的美丽。

少年就是这个时候被惊呆了：世上还真有从画儿上走出来的人。她发怒的眼睛里满是天真，她根本不懂得什么叫仇恨。她那样站着，眼睛是那么的蓝。不知是蓝天映着了她的眼睛，还是她的眼睛映着了蓝天。映在少年后来心里的，就是这一双美丽的眼睛，以及后来她粲然的一笑："你们是不是没事呀？"

她忽然脸上变了一种表情，她笑了起来，她的牙齿整齐极了。那是一种迷人的笑。少年知道自己完了。他被她迷惑了！

之后的情形完全是另一种样子。女孩儿指着那个高个子的男孩儿说："没事给摘梨吧！"说着快步回到院子里，甩出一筐，筐滚了几圈，停在了少年的脚下。

高个子的并没说什么。只是一蹿，便到了树上，梨便雨点一般下来。这两个少年便在一片欢乐之中了。

高个子是女孩儿的表哥。少年这个傻子，还完全在一片混沌之中。

真正使少年惊呆的，是这个午夜来临之前，离摘梨的日子并不遥远，可是无心无肺的少年，已将吃梨的滋味给丢到了脑后。黄昏有敲门声，少年吃惊得嘴巴合不拢，是在开门之后。门口站着的是这个给他们梨吃的女孩儿。这个叫若笮的天仙般美丽的女孩儿。

少年愣了片刻，一下便慌张了起来，他不知该如何邀请这样的一个人。他说："请进来吧？"可是口气却是疑问。还是女孩儿冷静："我到姑姑家来，从你这里看看。"

进了门的若笮比少年沉静得多，少年站着，而女孩儿已在沙发上坐着了，只是坐姿僵硬，人直直的，一点不生动。

少年的这个屋子真是乱极了。被子团在床上，到处是杂物和书。桌上堆得小山一样。少年有些尴尬，他已经懂得了羞涩和爱慕。于是他赶紧弯下腰去收拾，这个女孩儿，她要比别的女孩儿多一分慧心。她拿开少年的手，轻轻地说一声："我来帮你收拾吧！"少年更加慌张，可是这样的慌张是多么愚蠢，于是便一任女孩儿去完成这些功课，自己倒像一个犯了错误的孩子，低头立于一旁。

时光就在这种半是羞涩半是甜蜜中溜走，等这间不大的屋子换了天地般印在少年眼里时，天已完全黑透。外面的月光溜进房中，那沉沉的雾就是这个时候开始降临。

少年与女孩儿又对坐下来，他们并没话说。这样默默坐着，不免又使得自己紧张。于是女孩儿站起来说："我该走了。"

少年完全是不由自主，他并不说什么。他跟了出来。两人于是走在这如水的雾中，仿佛两只沉到水底的鱼。

这雾真是静啊，空气清凉。一切仿佛在梦中行走。走了一段，女孩儿说："不用送了。我到了。"少年并不说什么，他只是跟着又往前走。女孩儿说："真的到了。你回去吧！"少年仍是走着。走过了那座桥，女孩儿说：“这是我姑姑家。”她指了桥边的一扇门。就在女孩儿举手敲门的一瞬，不知谁人给的力量，少年一把抓住了女孩儿的手，说：“我们再走一走。”女孩儿愣了一下，便顺从地跟他到了更僻静的一条小巷。

小巷并不长。夜也慢慢深去。两个少年不知在这条小巷中走了多少来回。他们并不靠近，偶尔有夜归的人，不觉还要离得开开的，仿佛是两个没有干系的路人。

夜的凉气升了上来。那雾沉到地面，仿佛可以用脚踢起。少年不觉有些寒意。似乎那个叫作若笮的女孩儿，也被寒意所袭。而那两颗跳动的心，却是烫手得很。

两个孩子在这深的夜中静静地走着，有时少年偶尔碰到女孩儿的衣裳，他的心就跳得厉害。

有秋虫在墙脚低鸣，月影已经移在很远的地方去了。于是夜跟着暗了下来。那雾似乎浮了起来，在树梢和桥面徘徊。

少年突然结结巴巴地说：“我亲一下你的额头，可以吗?”

女孩儿并没有说话，她只是轻轻地闭上了眼睛……

这一夜这个少年没有睡着。那些情景在他的眼前不断地变幻。他想着想着，枕巾湿了一片。

两个少年终于没能走到一起。那个叫若笮的女孩儿，后来却因为一个偶然的事故，永远离开了这个鲜活的世界。多少年过去了，我真的非常怀念那个秋夜。（苏北）

向日葵挂在白墙上

只是，没有来得及发生的爱，最好的结局是让它就这样掩埋在时光里。

夏葵不喜欢理发店的味道，不到万不得已绝对不去。十七岁时她第一次动手给自己剪刘海儿，结果很糟，像被狗啃过。第二天因为烦恼着该怎么出去见人，她上学迟到了。第一节是数学课，冷血梁是不会放过她的。

冷血梁就是她们当时的班主任兼数学老师梁老师，因为待学生异常严厉而得此绰号。

梁老师处罚学生很有一套，最普通的招数就是罚蹲。犯错的学生一字排开蹲在讲台两边，没他的允许不准起身，不是一般的屈辱。曾有学生蹲了两节课被允许站起来后直接晕倒。

虽然那天是周末，但丑到爆的刘海儿，三千字的检讨，这些让夏葵的心情差到极点。放学后，她没有与别的女生同行，独自一人坐公车回家。

快到家的时候，夏葵身旁的人群忽然一阵骚动，还有人叫：“你干吗?”她扭头，看到一个瘦小的中年人手里正拿着自己的钱包，而一个男生正抓着他的手腕。

救了夏葵钱包的男生叫梁远，是她们班上成绩最好却也最不受欢迎的男生——因为他是冷血梁的儿子，再加上他一向比较沉默，身上仿佛贴了一个“请勿靠近”的标签，所以被全班孤立。

夏葵定定神，略带感激地跟梁远说“谢谢”，但他只是淡淡地看她一眼说“不用”。他们在同一个站点下车，一前一后往相同的方向走，再无任何交流。

其实他们两家离得很近，不过相隔一条街的两个大院。夏葵记得小时候梁远还算是个活泼的小孩儿，他们两个大院的小孩子有时还在一块玩。

后来年龄渐长，十几岁时忽然就强烈地意识到男女有别了，男生女生开始划清界限。这次她没想到，一向独来独往的梁远居然会伸出正义之手。欠了他一个人情，这让夏葵有些烦恼。

夏葵父亲的一个朋友家里有大片的樱桃园，每年都会给夏葵家送来好多樱桃，实在吃不了，她就带一些去学校分给同学吃。这次，她特意留了一些，趁着其他同学都去操场看篮球比赛时拿给了梁远。她觉得这算还他一个人情，但又不想别的同学发现认为她是叛徒或者异类。

梁远虽然语气平静地跟她说谢谢，但表情还是微微有些惊讶。

之后的日子，他们并没有什么交集，放学时偶尔在公车站遇到会打个招呼。一年后的夏天，他以全校第一名的成绩考上了京城的名校。夏葵念了本地的一所大学，临近开学的一天，她不小心把家里的钥匙反锁在屋里，父母都去吃喜酒了，她便无聊地在附近闲逛，没想到在梁远家的大院外面遇到他。她觉得自己应该和他说点什么，于是开口：“祝贺你呀！”

夏葵转身要走的时候，却被梁远叫住。他跑回楼上，拿了两个饱满沉重的向日葵花盘给她，说：“乡下亲戚送来的，给你。”

大一寒假，夏葵家买了新房，乔迁新居，旧房便租出去了，此后她再也没见过梁远，不过逢年过节时会相互发些祝福邮件。

大三时夏葵交了男朋友，男友孟乔是她的大学同学，他们跟许多校园情侣一样，时而吵闹，时而甜蜜，在争吵和甜蜜中走到了毕业。

然后，他们也像许多人一样，在毕业后的去向问题上发生争执。

几番争执，他们决定和平分手。也不是不伤心不难过，只是夏葵觉得，也许还是爱得不够深，所以他不愿为她留下，而自己也不愿抛下一切跟他走天涯。

三年后，夏葵在公司升职加薪，变成一个小主管，也从初入职场的青涩菜鸟变得淡定从容，开始有亲朋好友关心她的终身大事。此时孟乔的孩子已经出生，他的 QQ 空间里挂着他抱孩子的照片，他有些发福了，脸上竟露出些中年人的疲态。

一时之间，令夏葵觉得屏幕上那张脸好陌生。她忽然想起梁远来。那个沉默的少年梁远，似乎已是上辈子的事了。不知从何时起，他们断了最后一丝联系。听说他大学毕业后出国了，他注定会比他们这些同学飞得更高更远。

初秋时，夏葵休年假，决定不再去旅行，回家好好陪陪父母。她还去了那个住过快二十年的大院。

好几年没来，那里的变化很大，周围新建了许多商业区，好多人都搬出了大院，只有上了年纪的人固守着不愿离开。那衰败，即使大院里那些过分高大茂盛的梧桐树也掩饰不住。

经过梁远家的那个大院，夏葵隔着矮墙看到了梁老师。他苍老了很多，应该已经退休了吧！也许是因为年纪大了，他看起来不那么严厉了，表情居然有一些慈祥。院子里不知何时种了一片向日葵，梁老师正割下花盘分给围在他身边的一群小孩子。

分完葵花子，那些孩子很快一哄而散。夏葵踌躇着要不要打个招呼，梁老师扭头看到她，拿了一个花盘过来隔墙递给她说："姑娘，你也拿一个回去吧。"他并没有认出他曾经的学生。

"哦，谢谢。"夏葵有些慌乱地接过来，她想起多年前有个少年也曾这样拿过向日葵花盘给自己。这些年来，他过得怎么样？

夜晚，夏葵打开电脑，看到孟乔给她的留言：夏葵，有件事我觉得一定要告诉你。我们刚交往没多久时，有一次你让我帮你用邮箱发照片给你表姐，我无意中点开了你的一封邮件，是一个叫梁远的人发给你的表白信，说他喜欢你。我自私地没有告诉你，并以你的口气回信给他，说你已经有男朋友了，让他别再这样。真的很抱歉。

夏葵有些恍惚地坐在电脑前，她不知道，原来过去的时光里曾发生过这样的故事。她也不知道，如果当年她看到那封信该如何反应。

她更不知道，当年那个所有人都不愿意亲近的梁远，在鼓起勇气表白后，收到这样的回信，是多么伤心。

她白天拿回来的那个花盘正挂在白墙上，沉默无声。据说向日葵的花语是沉默的爱，她没想到，原来她的生命里有过一个向日葵少年。

只是，没有来得及发生的爱，最好的结局是让它就这样掩埋在时光里。

回去上班的前一天，夏葵又去了一次大院，路上遇到迎面而来的小学生，正跟妈妈商量着明天教师节该送什么礼物给老师。

她拐进旁边的水果店买了一个果篮，并附上一张卡片：老师，节日快乐！她将果篮放在梁老师家的门外，敲了敲虚掩的门，听到应答后下楼离开。作为一个虽然对待学生太严厉，但对工作却十分负责的老师，他应该得到这样一句问候。

而在地球另一端的梁远，夏葵希望他能遇到一个热情奔放的姑娘，靠近他，温暖他。（琉璃凝华）

我曾是那么爱你

于是，我一生中的第一次外出写生，便有了他的影子。
那样幽静的街道深处，有一些暖风暗涌过来，夹杂着阳光里的气息。
绿荫下，一个忧郁的男孩儿，缓缓地从画中走了出来。

与他相识，多少有点儿宿命的意味。

我和一帮朋友到幽静的街道上写生，许久都不见有一个人前来。正画得尽兴之时，他缓缓地踱着步子，闯入了我的视野。

于是，我一生中的第一次外出写生，便有了他的影子。那样幽静的街道深处，有一些暖风暗涌过来，夹杂着阳光里的气息。绿荫下，一个忧郁的男孩儿，缓缓地从画中走了出来。

之后的几天，我发现，他每个午后都会来附近的福利社喝可乐。于是，每个清晨，我都要早起，将今日的作业一次性做完。这样，我便可以在午后暖暖的阳光里，坐在清幽的福利社门口等他前来。

很快，我们便相识了。我开始发现，自己对于他，不仅仅是喜欢。他说，他生病了，我就会问清原因，而后，跑到很远很远的正规药店里给他买药，大汗淋漓地送到他家门口。他说，他想看看我，我就会放下手中的一切活计，奋不顾身地穿过马路，站到他的面前。他说冬天来了，要多穿衣服，我就会将最暖最厚的衣服严严实实地裹在身上。

这一切的一切，都只是为了想要告诉他，我完全有潜质做一个千依百顺、温文尔雅的贤妻良母。

可当他说，我喜欢上了莲的时候，我坐在凉风阵阵的福利社门口哭了。莲是他的邻居，刚毕业的大学生，长得甚是可人。

我万般不悦、不甘，想要让他明白的心意。可惜，无论我怎么付出，他丝毫都不曾擦觉。而那年的我，也傻得可以。他问我，第一次约女孩儿在什么地方比较合适的时候，我竟然告诉他，在福利社，要吃什么都方便。于是，我感情的发源地，成了他们见面的老地方。

我帮他们约会，帮他送信，和他一起站在莲的楼下吹口哨，直到嗓子沙哑。他竟然都不明白，一个女孩儿可以放下自尊，整天跟在你身后当电灯泡，就是爱你爱到了骨子里。

没过多久，画室里的一个男孩儿向我表白。他像当初的我一般傻气，为爱情奋不顾身。正当我要与这个男孩儿开始交往时，他跑来找我。他的爱情失败了，也终于明白，当初的我为何那般。

可我，却只淡淡地跟他说了一句，我曾是那么那么爱你，爱到骨子里，但是，那是很久之前的事儿了。

你不明白，爱情也有保质期。（佚名）

犹 记 当 年 鲜 衣 怒 马

风吹雨成花，时间追不上白马，你年少掌心的梦话，依然紧握着吗；
云翻涌成夏，眼泪被岁月蒸发，这条路上的你我她，有谁迷路了吗……

夏植楠是蔻色哥哥的朋友，他第一次出现在蔻色家的时候，还是个怯弱腼腆的少年。她看不起他的唯唯诺诺，总会在他被人捉弄的时候，巾帼英雄般站出来替他出头。

后来，夏植楠去上海读大学。

走前，来家里和哥哥告别，他们坐在院子里，眉飞色舞地讨论即将开始的大学生活。蔻色坐在窗前，手哗啦啦地翻书，感觉无限怅然。

是从什么时候开始，他云淡风轻地住进她心里的？秀气的眉眼，沾着汗水的鬓角，漆黑发亮的瞳仁，分明就是小说里鲜衣怒马纯白少年的原型。

暮色四起的黄昏，她送他去公交车站，阳光如水透过树梢。他们并肩而行，没有人吐露别离。快到公交站牌的时候，他突然侧过身来重重地拥抱了一下她。他说："蔻色，你永远都是我的公主。"

她的脸颊烧得通红。

然后他的目光越过她，投向排队上车的人群，声音很平静："车子来了，我走了。"

十八岁那年的春天，夏植楠的母亲走了，他从上海回来奔丧。

凌晨一点钟，她接到他的电话。他的声音只持续了几秒钟，他说："蔻色，我好难受。"

她立刻穿上衣服，蹑手蹑脚关好房门，飞奔而去。

二十分钟后，她在公交站牌的路灯下，看到了疲惫异常的他。她将手臂搭在他的肩膀上："想哭，就哭吧。"

隔日，他回上海。无比失望的她在心里轻声地安慰自己，没有关系，她可以趁假期去看他，她也可以像小说里写的那样，突然出现在他面前，看他目瞪口呆，看他欣喜若狂。

她只是未曾料到，两个月后，他打来电话，说他要去别的地方，寥寥几句问候之后，便说再见。

从此，杳无音信。

十九岁，蔻色大一，在上海。

这座因为夏植楠而与众不同的城市，在夏植楠离开后依然是蔻色心里的一粒朱砂痣。

她也谈过一场风花雪月的恋爱，高一届的师兄，姓顾，名家明，言谈幽默，举止风趣，是个八面玲珑、事无巨细的好男孩儿。一次她半夜高烧，打电话给他。他苦口婆心地说服宿舍阿姨开门，带她去了医院。

他们也去过城隍庙吃好吃的生煎包，加醋加辣椒，送到嘴巴里的时候，他特地吹了吹，嘱咐她："当心烫。"

那个时候，天那么蓝，树那么绿，看什么都像在唱歌。她忘了这世间竟然还有夏植楠这个人。

春天的时候，蔻色接到哥哥打来的电话，说夏植楠结婚了，新郎意气风发，新娘貌美如花，幸福满得像要溢出来。

她打电话给顾家明，想要从他那里得到些许安慰。顾家明说他在上课，要她自己先去逛，下了课他便去找她。

她低落着心情在街上乱晃，对面的石椅上坐了一对男女，女孩正在哭，男孩儿忙着递上纸巾。那男孩儿就是——顾家明。她站在对面呆呆地看着他们一会儿哭，一会儿笑，陡然觉得自己像一个局外人。其实自己原本就是局外人。

毕业后，蔻色放弃了留在上海的机会，收拾行李，蔻色回了西安。

北方薄暮的凉秋，蔻色二十五岁。

刚刚过去的那个夏天，夏植楠结束了他如同鸡肋的婚姻，两手空空，净身出户。拿到离婚证的那天，他来找蔻色，他们促膝长谈了一夜。

他同她讲述那段岁月。母亲去世，他的世界塌陷，纵然有她百般宽慰，可是到了上海，痛苦和绝望依旧如影随形。他变得暴躁易怒，常常与人争吵。一次言语不和，他失了手，将上铺的兄弟打伤。

因为这样，他不能继续留在学校。舅舅帮他找了一份喝茶看报的闲职，又介绍身家小富的姑娘给他。他像个木偶般被人推着往前走，不能呼吸，没有自由。他当然也想过找她，可他能给她什么？

如果这样，他宁愿以青春年少的名义，负了她。

她又遇见了顾家明，他笔直地站在人群中，瞳仁漆黑发亮，眼神里满是睥睨的霸气。

他一边和熟悉的人打招呼，一边慢慢地移动脚步："祝你幸福。"

她有点意外："你也是。"

她向来是个骄傲的人，不向任何人诉苦，不大哭大闹，甚至不开口挽留。任凭时间将那些关于他的凶猛回忆，潜藏于幽暗的岁月里不见天日。

就这样告别，她红着眼眶，挣扎着从人群里逃出来，眨一下眼，再眨一下眼，眼泪扑簌如雨点掉落，就像断了生命里最重要的那根弦。

咖啡馆里的背景音乐适时煽情地响起，有清凉的女生幽幽地唱："风吹雨成花，时间追不上白马，你年少掌心的梦话，依然紧握着吗；云翻涌成夏，眼泪被岁月蒸发，这条路上的你我她，有谁迷路了吗？"

（美丽懒腰）

不是每种爱都会让人心疼

可这万世尘缘不都如此吗？一生能爱许多人，但唯有一人，使你至死心疼。

初见她时，天上正微下着蒙蒙细雨。她怀里抱紧着书，一路踽踽前行，像个受惊的孩子，背影瘦得让人心疼。

他撑着一把黑色的叠伞，悄然跟在她的身后，看冰凉的雨点如垂暮之花一般濡湿她的发梢。

他怕鲁莽的行径会把娇柔的她给吓坏。于是，他想出了一条绝世妙计——他以轻柔的姿势停在她的身前，诚恳地央求道，同学，你能帮我拿下伞吗？

她接过他手中的雨伞，莞尔一笑，只字不语。而他，却如触电一般，转身便跑。

夜枕于床，他眼前时常浮现出那双含泪幽怨的眼睛。他忽然很想找到她，和她说一句动情的话。

次日，他们再度相见。偶尔的重逢，使他们相视而笑。天上依旧飘着蒙蒙细雨。他见她手里握着那把黑色叠伞，心中欢愉万分。

清晨，他在她的宿舍楼下等她，只为那段能同行百米的路程；午后，他在图书馆门口左右徘徊，只盼能与之相见，并听其轻柔说声，嗨，好巧；深夜，他的脑里、梦里全是她的眼睛，那双特有的鸽子灰瞳仁，时常让她心疼。

临近毕业时，他终于告诉她，这几年一直想要说出口的那句话。她笑了，眸子里闪出泪花，背靠着鹅黄的墙壁，渲染了这一场痛彻心扉的别离。

她始终不肯随他而去，即便她清楚地知道，他有多么多么爱她。上车前，他笑了，清了清嗓，温柔地说，无论如何，还是朋友，不管到了哪座城市，一定要告诉我详细地址。

这是他们最后的约定。

安定后，他第一时间把自己的地址发进了她的邮箱。半个月后，他在南方的小镇收到了她的来信。信中，除了如实相告一段时光的真相，再无其他。

原来，她的心里一直装着另外一个人。他忽然落泪了，感慨世事无常，造化弄人。

她再没给他写过任何信件，而他，亦没有她的地址。

后来他遇见了许多美丽的女子，亦爱了许多萍水红颜。只是，再没谁能像那般，使他魂牵梦萦，心如刀割。

可这万世尘缘不都如此吗？一生能爱许多人，但唯有一人，使你至死心疼。（李兴海）

缘分天空的两端

已经有了那么多次的擦肩，再错过一次也是无妨了。所谓缘分，不过如此了。

她二十一岁那年与他在广州相遇。

在供职的公司她和他是同事。在这座冰冷的城市里，她和他皆是来自异乡的男女。都是低调而寂寞的人，走到一起倒也是自然。

从来没有谈过彼此的过去，连一些身世背景都不曾提起，时间还长着，总有一天会知道。但这并不影响爱的进展，反而让恋情多了几许神秘。

但神秘并不能代表长久，原本这就是一个朝不保夕的情感都市。

分手是在几个月之后，那是他准备离开目前就职的公司时。他有一个更好的发展机会，他不想错过。分手是他提出的，她有些伤感，在不多的相爱时间里，虽然话不是特别多，但总是有种默契。

他是有些抱歉的，提出分手时小心翼翼的，深怕伤害了她。在咖啡馆里，他说自己如果去了另一座城市，就无法保证对她的忠实。他说这话时，她看着他的眼睛，他的眼神在幽暗的光线里，闪着一种坦诚的光芒。

活在真实里总比活在欺骗中要好，她默认了他提出的分手，虽然她仍有掩饰不住的遗憾，但也只能如此了。

几天后，她去机场送他。在这座陌生的城市里，除了她，他其实也没有什么朋友。

在候机室里，她沉默不语，似乎找不到合适的话。

然后他开始寻找合适的话题。

他突然想起自己和她其实彼此之间还一无所知，于是他对她说起自己过去的生活。他从来没有说过那么多的话，全是关于他自己的身世背景和故乡。他沉醉在一种回忆里，对她讲着那些年少时的往事，从中学讲到大学再讲到他最初的工作经历。

在喧哗的候机室里，她专心听着关于他人生中的那些往事，心里不断泛起一丝丝说不出的滋味，那是一种惊异的感觉。好几次，她想开口说些什么，但他一直在不停地说，丝毫没有注意到她的表情变化。

候机室里传来的登机语音信号，打断了他对她讲述的回忆。他把目光从前方的玻璃窗上收回，这才看到站在自己身边的她，眼里已有盈盈的泪光。他上前去握她的手，对她轻轻微笑。

也许，我们不是最有缘的人，他一字一句地对她说。

她看着他闪亮的双眸，在喧哗的候机室里，仿佛是她寂寞岁月里的一颗宝石，令她的心在瞬间燃烧了一下，然后，又骤然熄灭。

她轻轻抽出被他握住的手，对他微笑着说再见，然后便带着满腹他永远不会知道的遗憾转身离去。

其实，她没有告诉他的是：和他一样，她也来自上海。

她小时候一直住在长街的另外一头，与他的家只隔一条窄窄的弄堂。她也没有告诉他，小时候他常和伙伴踢球的操场旁边的花园，是她与女伴轻言细语的乐园。她和他读的是同一所小学，中学虽然不在一起，但她中学的校园门，和他的学校门，只是一个斜对角。同一所大学里，她和他念的是不同的系科。她最初的工作经历也在上海，去的第一家公司是他曾经工作过的，她进去的时候，他刚刚离开。后来她第二次换工作时，和他终于待在同一家公司里。她只在那工作了三个月，她上早班，他上晚班。

她和他在十多年的人生岁月里，有过很多次近距离的相遇，但从来都是浑然不觉地擦肩而过……

她在机场的外面，看着他乘的飞机缓缓地升起，想起先前他在候机室里对她说的话，她的嘴角泛起一丝伤感的笑意。

已经有了那么多次的擦肩，再错过一次也是无妨了。所谓缘分，不过如此了。（江航）

海 棠 无 香

你问海棠为何无香，我想，海棠暗恋去了，它怕人闻出心事，所以舍去了香。

每到海棠花开时，我会想起一个人，他说：“知道为什么海棠无香吗?”这人的名字叫朴印祯。

那年我二十四岁，考过两次托福，成绩都很糟。郑昀在越洋电话里说：“要不去北京吧。”于是我辞职，去北京上托福班。

那时中关村尚不繁华，甚至有点荒凉。白颐路还没建，人们走的是长长的旧式马路，两边有高大的杨树，主路和辅路隔着水沟。我去时正是冬天，光秃秃的白杨树杈透着惨淡。不过，我仍透过那些枝丫看见天堂的微光。

郑昀去美国后，美国就成了我的天堂，不是因为它多好，而是我的爱情在那里安身。

我不喜欢英语，谁又愿走那独木桥？多年后，我还能体味那种沉甸甸的感觉。日子像一条褪色的棉布，经纬间透着疏离的寂寞，而我却如小小蜘蛛，费力地想把它重新改织成七色锦。

住了三天招待所后，我还没找到房子，那个凄惶。第三天我继续乱窜，一家家打听。在成府胡同，当我走到槐树下那家时，刚好一个瘦瘦高高的男孩儿出来，朴实的学生头，我抓住他问："这里有房子出租吗？"

他愣怔半秒，说句"等等"，就跑进去。十分钟后他出来说："房东说可以出租，三百五十块。"我呀一下，笑逐颜开。他就是朴印祯，韩国人，汉语说得比我还利落。多么巧，他自己刚租到房就遇见我，算是邻居了。

朴印祯是个温柔善良的男孩儿，我们很快成了朋友。

朴印祯的父亲有五家很大的连锁餐厅，在首尔很有名望，朴印祯想在课余学中国菜，完全可以住四季如春的公寓房，下馆子研究。他解释说："最地道的炸酱面是老百姓家里做的。"

他和那个胖胖的房东，关系搞得很好。除了帮忙扫院子，还颠颠地去喂人家的狗。他的酬劳，就是可以出入房东的厨房。

来京路上，我已做好寂寞的准备，却未想会遇上朴印祯。

信佛的祖母，给我起了很佛教的名字，艾杏佛。朴印祯却坚持叫我幸福，说那是快乐的名字。我的日子，在遇见他之后真的快乐了。

那时我白天听课夜里做题，常常院里人都睡了，我的灯还亮着。九平方米的小屋，除了我和英语，就是寒气。有时朴印祯会敲门，人不进来，就站在门口递我一杯热牛奶："幸福，早点休息。"那个温暖，我记得。

周末，朴印祯会来找我："陪我逛未名湖吧，你要善待脑袋，让记忆休息一下。"我知他心意，连小狗都喜欢的他，对我是体贴的，他怕我累着。

所以，我一星半点的快乐也给他分享。做题之余，我随手涂抹的文字发表了，就拿回家给他看，神态傲然，"朴印祯，这是我的，一周的生活费解决了。"他并不会赞美人，只是一个字，好，然后咧嘴笑。不过，在向我请教"的、得、地"的区别后，他也会给我纠错，

“你这个的字写错了。”一脸的得意。

那时，我们是快乐的。

一月考试。考试前夜，朴印祯送我一条巧克力，又给我削铅笔，把小刀铅笔和橡皮放进透明笔袋。看得我眼湿。

考试后我继续留在北京，和美国各个大学联系。除了等待成绩单，就是收发信件和挑选学校，忙碌里我忘了情人节的到来。

那日，在邮局门口看见玫瑰花，我才恍然。郑昀并没打电话来，我打过去却占线。隔一刻再打，就没人接了。其实相处几年，对节日早没惊喜。可这个冬天不同，我独自在异乡为爱情奋斗，多想听他一句：“下个情人节，我会抱着你过。”

寂寞兜头而下，我踟蹰地回到小屋。

我没想到朴印祯送花来，他用很心虚的口吻说：“没影响你思念恋人吧？幸福，节日快乐。”他手里端着一盆海棠花，腼腆地笑：“天气暖和，它就会开花。”

那天我们喝掉两瓶炭烧酒，他放的是水晶音乐，听来脆脆的，像是谁的十六岁。那是第一次，我忽然想问起他的十六岁，他的爱情。他先是吃吃地笑，而后脸红，言辞也闪烁，终于没说什么。

这个韩国男孩儿，羞涩得像一颗橙。

三月底，海棠开花了。那么一棵小树，居然开得密密匝匝，花瓣如指甲盖般大小，胭脂样的红。我嗅嗅，却没香味，朴印祯笑着问："知道为什么海棠无香吗?"我摇头，他说："等你长大我再告诉你。"他有时，也会像大人一样逗我。

后来成绩下来，620分，出人意料的好。他说："幸福，你可以飞向爱情天堂了。"我们去吃韩国菜，是人大旁边的胡同，那个饭馆可以吃到地道的韩国料理。

那一次，我们都快乐，却没醉。

一个月后签证到手，再次去那里庆祝，朴印祯醉了。醉意里，却是说："幸福，你走后，给我留下海棠花吧!"

在芝加哥机场，看着男友迎面走来，我忽然闪过朴印祯的影子，那个韩国人，我有点想念。

我没想到，到了美国却远离了天堂。

郑昀是粗心的男人，可房间里却是窗明几净，隐隐还有薄荷的香。他不会撒谎，他说，曾经和一个台湾女孩儿住在一起，因为寂寞。

第二天，我们就分手了，我租房另住。虽然难受，可砖头一样的法律卷宗，砸得我很快忘了失恋的伤。只是偶尔，会在夜里想起朴印祯的热牛奶。

几年后我回国，在厦门找到工作，我有了一个男友。二〇〇〇年我去北京出差，是雪天，公事办完忽然想去未名湖。就在我刚踏上湖心岛时，忽听有人叫，幸福。

只有一人这样叫过我。是朴印祯。个子还是那么高，身穿蓝白两色的休闲服，整个人沉稳许多，眉眼间去了青涩添了儒雅。

好一会儿我们没说话，就那么看着傻笑。就是他的朴氏傻笑，哗啦啦扯开我的记忆。我捶他一拳："你怎么来了？"他偶尔路过，想起来看看。

我们去找那个韩国料理屋，旁边的烟店老板说，早拆了，几辈子的事了。可不，几辈子了。这里已改成宽阔笔直的白颐路，没有了水沟，那些杨树也不见了。像是一下子失去回忆的背景，我俩成了迷路的孩子。他低声叹息："真不敢相信，我们不见面已四年。当年你那么瘦瘦小小，在小房子里读书，冬天那么冷，你竟能坚持到凌晨。"

"我很感谢你送我热牛奶。有一天，我的测验分数很低，你说，幸福，牛奶长智力。"

此时夜幕降临，他忽然盯住我的眼睛，“你知道吗？当年你是我的偶像呢，那么瘦小的女孩儿，对爱那么执着。”

“什么?”

“你对爱情多狂热呀，待在简陋的地方，白天黑夜都学英语。我知道你会成功。”

万里追寻的爱情鸟，还不是飞了。我不知怎么讲，只好打岔：“你呢，朴印祯，你开中国餐馆没?”

还说了什么，我不记得了。只记得我们去了麦当劳，他问我还待几天，我说两天。他眼神忽地亮了，“我们去后海划船吧，明天中午我来接你。”

第二天，我用了一上午选购衣裳，似乎在等什么盛事。我想和他讲一讲，我的海外和曾经。

中午十二点，一个单眼皮女招待递我一封信，是朴印祯的留言。“幸福，我还是决定不去了，对不起。我以为我可以，可我不能，我很怕再见到你。”他消失了，后来整整一年我没有联络到他。再后来，我也结婚了。

某日午后，我突然收到来自首尔的包裹，是一个绿色锦缎的口袋，拆开来，里面挤满了胭脂红的海棠花瓣。一张淡蓝色卡片写着：“你的文字还是那么美，通过杂志社我找到你。我对编辑说，我是你失散多年的恋人。她感动了，给我你的地址。我不给你打电话，我怕再次听到你的声音。你结婚了，我祝福你。”

“我把那盆海棠抱回了首尔，有时会想起你。你问海棠为何无香，我想，海棠暗恋去了，它怕人闻出心事，所以舍去了香。”

那是第一次，我为了一个解释而落泪。我知道，艳而无香的海棠背后，藏着两个人的青春故事。（二月麦苗）

水晶杯溢满青春的缱绻

那一瞬间我突然懂了，在青春初绽的时节里，因为一个美丽的误会，
那只逃亡的丑小鸭变成了今天优雅的黑天鹅。

认识杜浅的时候我还是棵长在青葱校园里的小草，有点少不更事的莽撞，也有着青春初绽的敏感和忧伤 。

大二暑假来临的时候，我找到一份薪水优厚的工作，在一家外语培训中心的夏令营活动里，负责十个孩子的英语学习。杜浅任培训中心教务主任。

他是我们学校法语系有名的才子，研二，大我整整四届，是无数女孩子瞩目的对象。因为这层关系，我们很快熟悉起来。他就像一颗偶然吹进我心里的种子，即使是在酷热的暑期里，也固执地生根发芽了。

他喜欢在清晨独自骑着脚踏车去营地附近的湖边练发音，伴着林

鸟啾啾，优美的法语像是一首缱绻浪漫的爱情诗；中午他会和年轻老师们一起吃饭聊天，说到教学安排和出游计划；到了黄昏太阳快落山的时候，他会带着孩子们去操场上踢球，一个拼花的足球，在笑声里斜斜飞过红霞铺展的天空。

关于这些细节，我都清楚地记得，并将它们当作温暖的阳光润泽的雨露。我第一次心动了，并产生了一个疯狂的念头，想要主动追求他。

于是每天早上即使再困，我也强制自己六点起床去湖边晨读，并时常装作不经意间同他偶遇，打声招呼就走到一边大声念书。

那一年我二十岁，因为心里窝藏了一个人，所以变得小心翼翼。对着这样一份偶得的缘分，我满心欢喜却又手忙脚乱，完全不知如何自处。我的整个心思，被一个叫作杜浅的男孩子填满了，那种欢喜，就像是一只装满了美酒的水晶杯，再多一滴，都会肆无忌惮地流淌出来。

我带着一颗初恋的甜蜜羞涩的心，在黑夜里辗转反侧。最后我对自己说，等回到学校，我就要向杜浅表白 。

暑期很快结束，我和杜浅都回到了学校，还像朋友一样往来。但我却没有向他表白，因为那时我才知道，我同班同学徐萌是杜浅的老乡，而徐萌和杜浅的关系，在大多数同学眼里，是那么的千丝万缕，甚至扑朔迷离。

徐萌就像是另一个杜浅，从入学开始，一直是系上有名的美女才女。

我并不想知道他们是怎么回事，但我明白，送走那个夏天，杜浅离我已经越来越远。上课时我坐在徐萌身后，会生出一种深深的自卑感。和徐萌相比，我不漂亮，也没有傲人的才气，杜浅和她看起来是那么般配的一对，我凭什么插入他们中间呢?

这样清醒的认识让我盛夏的天空陡然变灰了。我只敢跟在他们身后，偷偷地看杜浅对徐萌微笑说话，也只敢在雪地里悄悄写下杜浅的名字，再让手掌的温度将它焐化。

我想原来人们都说对了，初恋注定是生命中一次不能圆满的美丽遭遇。

很快到了杜浅毕业。那个热得令人发狂的夏夜，即将离校的杜浅请朋友唱歌。在歌厅昏暗的角落里，我难过地看着他和徐萌两个人，在屏幕前声情并茂地唱一首首情歌。

那天我们都醉了，徐萌趴在我肩上含混不清地哼着老歌。杜浅坐在我们对面一直笑，又像是有话要说。

这时不知是谁恶作剧，房间的灯光和屏幕的光亮陡然熄灭。我惊恐地去抓徐萌的手，却被一只温柔的大手拉住，落进有着熟悉气息的怀抱里。

CD 机里还回旋着《恋恋风尘》的旋律，我的脸颊上，突然多了一个轻轻的湿湿的吻。

是杜浅。他在对我悄声叹息：傻丫头，其实我一直喜欢你。答应我，好好念书，等你毕业，我一定回来找你。

我的心跳得快要裂开，突如其来的狂喜把我击倒了。我羞怯又慌乱地推开他，在嬉笑声四起的黑暗中，感到整个脸都已经熊熊燃烧起来。

后来灯光就亮了，我看见杜浅站在房间中央，拿起了麦克风。我们的目光穿过人群相遇，他露出了调皮又饱含深意的微笑，然后故作镇定地转开去。

我的心里刹那间鸟鸣莺啼。我觉得自己就是那只越过篱笆逃亡森林的丑小鸭，因为有了杜浅的爱，所以不再萎缩在衰草灌丛中，而是渴望着成为一只优雅的黑天鹅。我对自己说，即使是徐萌这样优秀的女生，也没能得到杜浅的青睐，所以平凡的我一定要长出丰美羽翼，等到杜浅回来找我的那一天，能展开足够有力的翅膀，和他一起飞翔。

杜浅离开了学校，临走时我们没有说过一句与约定有关的话，我甚至没有去车站送他。但我知道我必须为了他活得精彩起来，等到我变成真正的黑天鹅，我才会骄傲地站在他身边，对他说我是因为他而出色美丽。

我没想到徐萌把我当成了竞争对手。若是以前，我觉得和徐萌竞争简直是件不敢想象的事情，可有了杜浅的话，再难的事也变得简单起来。

渐渐的，每天出门，我都能从镜子里看到一个充满朝气的自己，熟悉我的同学都忍不住惊叹，秦真真，原来你真是一块未经雕琢的玉。

面对徐萌，我再也没有了以前的自卑感。后来她问我和杜浅有没有联系，我坦白地说，除了偶尔通信，我和他都把这一年的分离当作磨砺期。

这一年，我们退出彼此的生活，是因为都心怀期待。他等着看我惊人的蜕变，而我，要逐渐修炼直到能配得上他为止。

徐萌翻翻白眼，用酸溜溜的语气说，哼，脑子都有问题。我也懒得反驳，依旧春光灿烂地生活和学习。

临近毕业，徐萌申请到英国的奖学金，提前答辩后离开了学校。我被保送上本校的研究生，像只新生的蝴蝶一样等待着杜浅的到来。

只是那以后，我再也没有任何杜浅的消息，他就像一颗滴入泥土的露水，彻底消失在我的生活中。

那是一段让我备感孤寒的日子，徐萌倒常有信来。她不着痕迹地炫耀着丰富多彩的留学生活，用隐讳却分明是幸灾乐祸的口吻嘲笑我说，没了杜浅，你就要打回原形。

后来有一天，她打电话给我，说杜浅给她写信了。她的口气充满胜利的骄傲和对我的藐视。

我在一场秋雨来临时的大哭后，烧掉了所有为杜浅写下的日记。我决心好好念书活出一个漂亮的自己，多年后，让徐萌为对我的藐视感到羞愧，更让杜浅看到我时，为当年的放弃而后悔。

一晃好几年过去，我结束了日本的访学生涯回到国内，在大学里做了老师。

转眼春天到了，意外的，我收到了徐萌寄来的请柬，但新郎不是杜浅。

在她婚礼上，我看到了多年不见的杜浅。他还是像当初那样眼神晶亮笑容调皮，看见我甚至给了我一个大大的拥抱。

我仍不免感慨万千，忍不住问他，为什么没和徐萌在一起?

他有些遗憾地笑起来，说其实毕业那天晚上，他曾经趁灯灭的时候对徐萌表白过，却没有得到她的回应，她一直是个骄傲独立的女孩儿，有她自己的路要走。

我在那一刻震惊得几乎说不出话来。后来我问杜浅，你毕业以后还给我写过信吗?他抱歉地笑了，说实在是对不起，当时我因为徐萌的关系，甚至不肯和所有旧朋友联系，到后来就已经没了你们的联络方式。

我呆呆地站在那里，眼眶忽然湿润起来。

人群中，我看到穿了礼服的徐萌，隔着那么多宾客，冲我露出傲慢而又狡黠的微笑，鲜明耀眼，智慧而美丽。

那一瞬间我突然懂了，在青春初绽的时节里，因为一个美丽的误会，那只逃亡的丑小鸭变成了今天优雅的黑天鹅。

而在那段欢笑与泪水并存的日子里，除了爱情，我拥有的甜蜜记忆，还有那么多。

那是关于一个状如童话的美丽谎言，是关于一个女孩儿教会另一个女孩儿成长的秘密，那是我们关于青春最美好的追忆。（李渝）

卷　六

你还记得那个曾为你奋不顾身的人吗

岁月矜持，年华蠢蠢欲动。她路过他，摘下一朵花。他途经她，留下一粒沙。最深的了解，是对方眼中独有的萤火。

爱若悬崖

很多年后，在小镇的路上再次相逢，竟忽然无语凝噎。
多少少年时的事儿，多少旧日的情，
都如同路旁的秋风中簌簌掉落的黄叶一般，将视野遮住了大半。

他鼓起勇气，穿过校园小径，固执地把修改了上百次的字条递到她手里的时候，她一脸冰霜地问了他一句，如果，爱情是悬崖，你会怎么办?

他不知道该怎样回答这样的问题，在一片哄笑中仓皇逃离。其实，在她的内心深处，是有些许钟情的。毕竟，她曾安然地贴靠在栏杆上，窥探他在球场上的英姿。

可要知道，少女的心，就是这样，欲说还休，欲弃还留。

她多想要聪慧的他能给予一个完美的答案。毕竟，年少时对爱情的憧憬，总是这样模糊而又完善。她总希望，这一生的开始，是一段刻骨铭心的恋情。于是，从他隐藏在人潮中的那日起，她便开始了焦灼的等待。

他想了很多对白，看了很多电影，力图从那些经典的镜头里寻找到最完美的答案。

少年的心和少女的心一样啊，让人不可思议却又是那么的透明洁净。

有朋友说，周日是她的生日，他将一个星期的零花钱积攒起来，就为了给她买一本张爱玲的《倾城之恋》。

他多希望，因为这样的一个书名，能让她懂得，潜藏在他内心深处的希冀和坚定不移的答案。

当柳梢的弯月还未全然露出，他便请了假，莽撞地站在校门口静待。

他希望，这会是一个终生难忘的夜晚。因为，他将那句朴实的答案，写在书的内里，熨平整，小心翼翼地抱在胸前。

汹涌的人潮中，她是那么特别，像一抹绯红的流云在暗夜的幽光中闪过他的双眼。他轻轻地上前，将那本书地给她，用颤抖的声音说，生日快乐。她笑笑，不语。

那夜的路可真短。他总觉得，那条宽阔明亮的柏油马路，无论如何，也要走到黎明的尽头。只可惜，还未说出掖藏在心中的话，她已站在了门口。他无奈地挥挥手，用少年的故作坦然和甩头掩住了内心的悲凄。他多希望，书中那句质朴的话可以打动她。

很多个日夜后，他从悲伤中醒来。因为这些日子，她都不曾做出任何表态。这样安然与平时的时光，让他似乎觉得，他与她连友谊，都要落幕了。

时光就这么穿过了两人的黑发。当初，他曾是那么怨恨着她，并默默发誓，此生，再不要见她，而她亦是。很多年后，在小镇的路上再次相逢，竟忽然无语凝噎。

多少少年时的事儿，多少旧日的情，都如同路旁的秋风中簌簌掉落的黄叶一般，将视野遮住了大半。

坐在窗明几净的咖啡厅里，她笑得灿若桃花。大方，不羁，落落得体，一切如同当年。

退却昔日的怯懦，他忐忑地问："当日我回答了你的问题，你为何不给我回复呢?"她握住咖啡的双手，恍然冻在了时光中。半晌，惊疑地问："你什么时候回答的?"

就这样，他们找到了当年的那本书，翻开扉页。扉页上，找不到任何字迹。他以为。是自己疏忽了，忘却了。后来才想起，当日为了保留悬念，在页脚上涂抹了些许胶水，经过熨平，已经渗透到书页的内缝，完完整整地将秘密贴合在了一起。

他小心翼翼地撕开，恍然泪落如雨。书上，仍是那一行崭新而又拙劣的笔记：若爱是悬崖，我定会奋不顾身地纵情一跃。（一路开花）

电 影 票

天知道我偷偷地喜欢你有多久了，可是我从来不敢在你面前表露痕迹。
我不知道自己害怕什么，我从来没有想过被你拒绝了会怎样，
可是我却连把爱说出口的勇气都没有。

我永远记得那个星期五下午上课时，我意外地在书里面找到了一张电影票。在我翻书的时候，它轻飘飘地飞落而下，隐约可见背面用圆珠笔写着几个字。我拿起来一看，“不见不散”四个娟秀的小字一下子就令我激动起来。

我努力想把“不见不散”这四个字和你的笔迹对起来——你不会知道我曾经偷偷收藏了你写的作文。可是我并不能完全确定。事情越是清楚，我越要把它往复杂的方向想象。我以为自己的潜意识在很大程度上受到了爱情的影响。

天知道我偷偷地喜欢你有多久了，可是我从来不敢在你面前表露

痕迹。我不知道自己害怕什么，我从来没有想过被你拒绝了会怎样，可是我却连把爱说出口的勇气都没有。这个下午突然出现的电影票如果真是你给的，那我会怎样呢？

老师适时在我的脑门上轻轻拍了两下，我一抬头就发现了你似有似无的鼓励眼神，但我马上就把头低了下去，装作认真看书的样子。

那似有似无的眼神使我越加怀疑，突然间我变得很自卑。我就想到其他很多可能的结果。万一这小小的电影票不是你给我的，我该怎样去面对另外一个和你不一样的女孩儿呢？这完全有可能是我的那些活泼好动的死党们专门给我设的局。他们可能已经约好一起在电影院看我的笑话了。

我并不在意在他们面前出丑，但是我却害怕我在他们面前暴露我对你的感情，那样总有一天你也会知道这件事的，我怎么能面对呢？

我陷入了一种莫可名状的焦躁之中。我希望你看到了我的焦躁，然后给我一点更加明确的暗示。

可是直到放学，我都还在为电影票的来源感到烫手。“不见不散”的反面用正楷字印着：十三排五座，×月×日（星期六）下午19：00；片名《不可不信缘》。明天晚上的一部富有美感的韩国爱情片，加上靠边的安静的位置，如果抛开一切烦恼，我倒是很愿意一个人去看看的。

星期六的上午和下午渐渐远去。去和不去这两个念头已经在我的头脑里轮番出现了不止二十次。

最终我想了一个冒险的做法：我晚点去，先在暗处观察，如果在十三排五座的方向看见了你的身影，我就上前。

晚上我打扮一新，特意更改作息时间表洗了一个澡，又在镜子面前转了很久，摆出一副很随意的样子来。在电影院门口，我特意看了一下时间——19：06。我进电影院的时候心里还是惴惴的，仿佛这一脚迈进去就再也出不来了。但是马上我就在十三排看到了你仍旧平静的背影。我知道我不可能看错。

于是，我满怀欢快和激动蹑手蹑脚地朝你走去，我又很害怕你会在我朝你走去的过程中回头看到我的激动样子。但终于我把快速的心跳捂下来并走到了十三排的过道上。

你抬头看着我向五座挤过去，我像往常一样躲避你的眼神。终于到了，我想。不等我坐定，也不等我好好地看看你的打扮，你很突然地说了一句话，语调还是很平静："你怎么来了？"

欢快和激情轰然一塌。我想语文水平再差的人也能理解这句话，不该来的人来了，该来的人却还没来。原来你确实约了人，可是约的人却不是我。原来这“不见不散”是对另外一个人说的。原来我不过是错误地收到了电影票，或者说你把电影票放错了地方。我可以原谅你，因为我坚信你约的人比我优秀不止百倍，也只有这样我的内心才能好受一点。

可是我已经顾不上你喜欢的人是谁了，我发现我现在的处境一点也不在我的预料之中。没有人约我，也没有人要我。我已经为可以预料的每一种后果准备好了退路，却碰到了预料之外的困境。但是我很快就调整了过来。

记得有个算命的对我说过，我会在危急之中成就大事业的。现在就是一个危急时刻，我想我会把一切都掩饰过去的。

我说：“怎么你也在这儿?”

然后我掏出电影票，捂住背面的四个字，又假装对了一下我背后的座位号：五座，我想我一生都能记住那个座位。

我接着说：“你买了二十三排六座的票吗？我是五座，怎么这么巧!”我特意把“二十三排”说得很重。

你一字一顿说：“我买了十三排五座和六座的票!”

你说这句话的时候我突然发现你不再像平常的你了，你的声音不再平静，甚至带着怨恨的味道。突然间我已经忘记了我的电影票就是造成失约的原因——我已经把它当作自己买的了。

我装作恍然大悟的样子说："原来这里是十三排呀，怪不得我还纳闷怎么这么靠前。我坐错了，对不起。"

说完我没等你再说话，硬是从人堆里挤了出去。我想我并没有和你说再见的必要，既然不曾在一起，也就没有必要说再见了。出了电影院，我又看了看表——19：16。仅仅过了十分钟，电影已经结束了，我想。

这十分钟决定了我十年的困惑。十年之后的同学聚会上，你和我都已经结婚。你甚至都已经有自己可爱的一个小男孩儿了。我们一起喝酒，我发现你变得很坚强。我想至少十年前的你是滴酒不沾的。

你突然问我："那天明明是你先迟到了我才发点小脾气的，你为什么就不能理解，还要编出一个可笑的理由逃走呢?"

泪水朦胧了我的眼睛，仿佛我成了电影里面那个瞎了眼睛的男主角。（左想纷飞）

好 久 不 见

有些话，说出来的时候总是那么美妙，
可是做起来却真的是比登天还难。

他跟她分手之后，她去了拉萨。

北京到拉萨，跨越了中国整个版图。当然，他们之间的距离也变得好遥远。

他记得，以前在一起的时候，她总说，这辈子一定要去一次的地方就是拉萨。但是，刚刚毕业，出入职场的他们工作都很忙，所以，去拉萨的事情也就只是说说罢了，一直没有兑现。

她收养的那只流浪小猫还在，黑色的，叫珍珠。珍珠被捡回来的时候，已经饥瘦得不成样子了。她这个人心地善良，尤其是对流浪的小动物十分关注，平时也常去相关的公益组织帮忙做事。遇到珍珠的时候，她赶忙跑去马路对面的超市买了一袋妙鲜包，还因此差点被车撞了。

捡回珍珠的那一天，她心情特别好。

回家之后，她抱着珍珠对他说，以后一家三口要去拉萨定居。他点头笑笑，说好。

有些话，说出来的时候总是那么美妙，可是做起来却真的是比登天还难。他是金牛座，是个踏实求稳的人，也可以说有些懒惰，对自己的生活不敢轻易变动。

但她不一样。

她总觉得，朝九晚五这种一眼可以看到老死的日子不能一直过下去。

有一天，她看到一本书上写着一句大意是这样的话：你是想要年轻的时候背起行囊穷游天下，还是老了之后在七星酒店里刷假牙？她看到之后笑得合不拢嘴。她说，写得真好。可是笑过之后，她越发觉得现在的日子不是她想要的。

可是，她不想一个人辞职旅行。

她想和他一起走，一起去拉萨，还有珍珠。在遇到他以前，她从来不是一个拉扯不清的人，还没有任何人能阻止她做任何自己想做的事情。但遇到他之后，她也开始放不下了。她忽然觉得，自己变得跟从前不一样了。

是呀，遇到一个两情相悦的人，谁还能一如既往不顾一切地只做自己呢？她跟他说了很多次，跟他讲了无数的道理，甚至也拿分手威胁过他。其实，那些道理他又何尝不懂？他又何尝不想活得潇洒自在一些呢？可是，再透彻的道理，也抵不过他一颗缺乏安全感的心。

并不是只有女子才会缺乏安全感。

男人也会，男人一旦缺乏安全感，表现出的特征会更加明显，如控制狂、暴力狂、无可救药的占有欲。这些负面的情绪他都有，但根本上他依然是个温柔的人，所以，他控制得很好。只是，真的要涉及让他的生活大动干戈的事情，他办不到。

分手的时候，两人在家做了一桌子菜，还小酌了两杯。大概这世上没有比他们分手的时候更不像分手的情侣了吧。即便也有人好聚好散，但心里的委屈、伤心、难过、痛苦，加在一起，大概也只是假装淡定了吧。但他们不是，他们是真的心平气和地说再见。

人生的路太漫长，他们都觉得自己没有权力去改变彼此想要的生活。

去拉萨的时候，她本打算只是旅行，但不想去了之后，就住下了。平常，他们也会经常通电话，聊聊彼此的近况，但都绝口不提感情的事，大概都是有私心，不愿意听到对方说喜欢上谁跟谁在一起之类的话吧，可又不能表达出来，都希望彼此能过得更好。

可是，没有对方，又怎么能够好得起来呢？他唯一一次请假去拉萨看她时，没有通知她。到了拉萨之后，他去了盛名在外的玛吉阿米，住在大昭寺附近，一个人兜兜转转了好几天，却始终没有拿起电话告诉她。

他总在想，告诉了她又有什么用呢？自己不能留下来，她也不会再回去。见了她，也只是彼此徒增伤感吧。只是，他又忍不住期望能够遇见她，也许在拉萨街角的某个咖啡店里，哪怕只是站在她不会发现的角落看一眼。

再没有比这种失去更令人伤心的了，仿佛整个青春都失去了意义。

两年之后，他在网上看到一句话："寄托在物质、居所、稳定状态的安全感都是不可靠的，唯有寄托在对他人长久的爱上，才能获得解脱和释怀。"是呀，她不在的日子里，他从来也没有觉得自己的生活变得好过。

自她离开的那一刻开始，他所追求的安稳生活就已经大动干戈了，不是吗？至今，也未能修补好，因为，只要她不在，一切都是徒劳。辞职、打包、离开，抱着珍珠在机场见到她之前，他想了很多的台词，但都没有派上用场。见面的时候，他只是跟她说了一句：

好久不见。（王臣）

花 瓣 枕

不说，就是没有改变；永远不说，就是永远没有改变。

那时候的他和她，正走在激情浪漫的青葱岁月里。是在一个户外野营的论坛里认识的，她第一次参加他们的行动，是到野外攀岩。没想到天公不作美，中途突然下起了雨。那面攀岩的山壁，因为下雨，显得异常陡峭，老是刚爬上去几米，马上就又滑了下来。他看着她滑下来几次，有些狼狈，便劝："不如，等雨小一点再爬吧。"她却把头一昂，很坚定地说："不!"

就是那一刻吧，他看到她眼睛里的倔强和坚持，竟是那样熟悉，而她瘦削的背影，又让他的心，突然地生出疼惜。

后来又一起参加过几次野游，他们在一起的时候，他话不多，只是出发前提醒她带齐必要的装备，路滑的地方伸手拉她一把；吃饭的时候，她会把自己的饭端到他的帐篷里和他一起吃。

渐渐熟悉起来，无聊的时候给他打打电话，她有时候很活跃，从村上春树到西藏的佛经到油闷焖大虾，笑得花枝乱颤；有时候却很安静，握着话筒不说话，他在这头听得到她翻书的声音，走路的声音，喝水的声音，还有她轻微的叹息。

他握着话筒，手臂酸麻，却不舍得放下。

那时候，他们的城市里正在上演《情人结》，他邀了她一起去看。电影的结尾，那对经历千山万水、已经不再年轻的恋人，在情人节那天相遇，男人说："我一直担心你会放弃……"女人说："不说，就是没有改变。"男人说："永远不说。就是永远没有改变。"

黑暗中，他侧过脸去，看到她的脸颊上，闪着盈盈的泪光。

后来有一次打电话，他无意中说自己一直偏头痛，很长时间了，每次发作的时候，都想拿头往墙上撞。

隔天，放学的时候，他突然看见她正在校门口等他，双手抱着一只枕头。看见他的时候，她突然紧张得像个孩子，红了脸，支支吾吾地说："里面是晒干的鲜花……以前一个朋友送的，每天枕着它睡，可减轻疼痛的……我一直，没机会用……”

他接过，摸着里面柔软的花瓣，心突然一暖。那天晚上，他辗转难眠，把那个枕头抱在怀里，又放在头下，一会儿重又抱在怀里，她羞涩的笑容，一点点地缠绕了他的心。

后来，她觉得青春快要慢慢散去，却还没有等到他。下了决心，去深圳工作。他去送她，他默默地站在角落里，静静地看着她和别人告别。

最后，她朝他走过来，她的眼睛亮亮的，有淡淡的液体。她忽然伸出双臂，顽皮地偏偏头，笑道：“要走了，来，抱一个。”是很轻松的口气，可是她抱住他的时候却是紧紧的……

多年后的一天，母亲来看他，顺便帮他拆洗被罩床单枕套。母亲拆开那只盛满了花瓣的小枕头时，笑他：“你往枕头里放字条干吗?”他从电脑前转过头，母亲正从那一片桃花、槐花、木槿花中间拿起一张字条，轻声读道：“不说，就是没有改变；永远不说，就是永远没有改变……这写的是什么呀?”

他整个人猛地从椅子上弹起来，从母亲手中接过字条，上面，正是她秀丽的笔迹。那一瞬间，他突然泪流满面，他想起来那句台词，这句话的后面是：我们结婚吧！（卫宣利）

你并非我的依靠

就连那些无由悲泣的泪水，无数个不欢而散之后的失眠的旧夜，
都未曾让我后悔过初始与他相爱的决定。

年正芳华之时，我与大多少女一般，越发地被困扰于一个看似简单至极的问题——是选一个自己深爱而不中意自己的人结此一生呢，还是找一个深爱自己而自己又不曾爱过的人苦苦相守？

我从十六岁爱上他，从郁郁葱葱的校园小径牵手直直步入社会的车水马龙，期间五年，我从未怀疑过我们的未来和遥不可谈的幸福。

甚至，就连那些无由悲泣的泪水，无数个不欢而散之后的失眠的旧夜，都未曾让我后悔过初始与他相爱的决定。

当他的电话与短信逐日减少之时，另外一个他出现在了我的生命

里。茫茫人海，要遇见一个让自己心存好感，或是对自己有所绵情的人其实并不难。

他爱我，可我并不爱他。他会在汹涌的人潮里大喊我的名字，待我回头时，闪电般至我的面前，尚未稳住身形，便露出洁白的牙齿。

他会在特别的节日里穿一身正统的西服，邀我吃个简洁，不失浪漫的烛光晚餐。虽然多次婉言谢绝，但他总有办法让我无可回避。

他会在宿舍的大门外一言不发地等我，直到满地烟头，他徘徊不定时，我才悠然下楼。而后，他算准了时间，一个箭步从门外的小道上飞过来，与我撞个满怀，狡黠地笑道，正巧！

他会在楼层停水之时，急切地打来电话，让我的姐妹把屋内最大的塑料桶子带下楼去。当然，他从不会因此把电话打给我。甚至，还多次叮嘱我的姐妹，千万不要告诉我，那些桶洁净清凉的井水是他提上楼，再由我的姐妹拖到门口的。

我知道，一切我都知道。偶尔焦躁地站在暖风呼呼的窗口，总能看他提个大皮桶子，呼哧呼哧地穿楼过道，而我的姐妹，却无视其然地在一旁嘿嘿傻笑。

我爱的他，仿佛忘了这个寂寥的尘俗中，还有那么一个平凡的女子存在。他说，他的生活单调而又忙乱，像一部永远不会停歇的机器。我面对着偌大的生日蛋糕，在电话这头竭尽所能地安慰着他。

我是那么爱他，以至于他才向我抱怨出那么一丝丝委屈，我就心疼不已。可他太忙，他来不及听完我的唠叨与安慰。他也忘了，今天是我的二十二岁生日。

爱我的他，不知从哪儿打听来的消息，竟然给我买了一个华丽的生日蛋糕。我以为，我可以不为这件恼人的小事儿伤怀，可对着烛火与蛋糕的那一刻，却瞬间泪奔如雨。

我爱的他并没有移情别恋。只是，他与我的距离越来越远了。他要的，已不再是这些小人物的幸福，已不再是这些缥缈虚无的花前月下。他有找不完的借口来搪塞我，来让我用以慰藉伤口，有忙不完的琐事来让他名正言顺地忽视我。

当我说出那两个如刀锋剑口一般的字眼，决定从此与身旁这个爱我的他携手白头时，心中恍然一片光明。原来，我爱的人，只不过是一个不爱我的蹉跎品。

请原谅我，我得选择最长久的幸福。虽然我是那么爱你，可要知道，你并非我一生的依靠。（佚名）

我是一条流泪的爱情鱼

十八岁的华青，在刹那间感觉到自己不同以往的心跳，
华青在给苏苏的信里写道：
从你撞入我怀里的那一刻起，我就知道是有上帝的。

青是刻意要来杭州的，因为心里有一个隐隐约约的念头，他要见一眼苏苏，那个八年前决绝狠心的女子。

十年前两个人认识的时候是一个春光明媚的四月，他下楼找同学踢球，在楼梯拐弯处，一团白衣撞上了他，然后是从她怀里掉出一盒东西，纷纷洒洒地飘下来，顿时，一股清香弥漫开来。

在看撞到怀中的女子，清丽不俗，华青在片刻间明白了什么叫情窦初开。

洒落的是茶叶，女孩子明眸皓齿，蹙着眉头。上好的明前茶，全

完了。你知道一斤碧螺春要采七万个幼芽吗？华青脸红起来，连声道歉，只看到过采茶姑娘在满坡绿色前的明媚与娇柔，并不知道，一斤碧螺春居然要七万个幼芽！

两个人蹲下来，一点点将没有沾到土的茶叶拾起来，女孩说，那沾到土的，染了尘埃，再沏出的茶，难喝死了。

华青细看她，桃花一样的眼睛和嘴唇，和他年级相当，口音是南方人。

后来知道，苏苏是杭州人，今年是和父亲一起来姑姑家送明前茶的，而那一罐茶叶，却让华青撞翻了。华青真心感谢那罐茶叶，因为它让他认识了苏苏。

十八岁的华青，在刹那间感觉到自己不同以往的心跳，华青在给苏苏的信里写道：从你撞入我怀里的那一刻起，我就知道是有上帝的。

高考后，华青事与愿违地留在了北方，苏苏依然在杭州上大学。苏苏说离不开杭州，到哪个城市都有陌生的气息。于是两人约定华青一毕业就去杭州。

每年柳绿的时候，是华青最高兴的时候，因为可以收到苏苏寄来的明前茶，上好的碧螺春。这是总有同学开他玩笑，华青，你的爱情茶又来了。而当那沸水沏下去后，茶叶在透明的杯中翻滚时，也是华青的思念在心里翻滚的时刻。

有很多女孩子都喜欢华青，可是，没有人知道苏苏在他的心里的位置有多重。华清在给苏苏的信里说，如果他是大海，那么苏苏就是海中唯一的鱼。

大三时。明前茶再寄来时，苏苏却附了一封信，华青，我们分手吧，我不爱你了。简短到来不及明白就已心碎。再喝茶时，居然品出那般的清苦。为什么，以前喝了那么多次都是清香，原来有爱，茶会清香醇甜；而没有爱，有的只是茶的苦涩。

茶甜茶苦，一念之间。

迫不及待地踏上去杭州的火车，华青见到的苏苏，冷冷的，脸色惨白，只是她又爱上别人，不习惯和北方男子打交道，因为还是喜欢江南男人的纤弱和缠绵。大概也习惯江南男人的阴柔之美吧，华青恨恨地想，却在火车上泪如泉涌。

没有人知道他的青春是在思念杭州的蹉跎中度过的。他始终未明白苏苏最后的一句话：华青，我要你在每年的春天喝到明前茶。

华青回来后大病一场，然后接受了一直死命追他的高干子女于贝飞。毕业后，顺利地分配到一家中直机关，然后和于贝飞结婚生子。

一年年，时光如长了翅膀，只是偶尔还会想起苏苏来，那是在每年收到她寄来的包裹的时候。这事以后于贝飞总是讽刺他："怎么，那杭州女人是白蛇吗？这么多年还对你纠缠不清。"此时，距离他最后一次去杭州已经八年了，女儿已经两岁了，过去的那场初恋，如一段巫山云雨，想要看清，总是很难。

遇见多是梦中，还是当初相遇之时，他抬头，一张桃花样的的眼睛和嘴唇，那样的妩媚柔软那样的芳香。

但是今年，却没有收到苏苏的明前茶。

那些旧信，一直被华青锁在抽屉里，一次次搬家也没有丢掉，华青知道有些东西在生命中只有一次的，而此后所有的山河岁月中，那一幕再也不会重演。

等不到明前茶，华青对妻子说要出差，一个人来到杭州，他只想再见一次苏苏，问她过得好不好？八年过去了，她也应该嫁人生子，或者也和于贝飞一样生过孩子发胖了？这样一想华青就笑了，从前那些恨居然淡到无痕，也许真的是有些老了，二十八岁，马上就是而立之年了，头上也有了白发。于是想见苏苏的念头就更强烈，就当她是个老朋友吧！让他心疼让他牵挂。

按包裹上的地址寻过去，门里是一座20世纪30年代的小洋楼，轻轻推门进去，院内满树的梨花正要落了。屋里出来一个老者，满头银发，老者笑着，是华青吧？华青吓了一跳，跑了几千里路，忽然让人喊出名字，不由得有些诧异，而老者隐隐和苏苏有着相像的面容。华青喊，伯父。

进得屋来，却看到桌上一张黑白照片，照片中的人灿烂地笑着，华青一看就心痛，那笑容灿烂的如同桃花，只有他知道那笑容有着怎么样的美丽。再一看就惊住了，因为照片是被黑框框住的，刹时如同天崩地裂一般，苏苏呢？他几乎语不成声。

老者领他到二楼，推开一扇门。说，八年前，苏苏得了绝症……这是她的闺房，她走时什么样现在还是什么样，一点没有变。她临走时嘱咐我们一件事，让我们给你每年寄去明前茶，要寄十年，苏苏说，十年之后，你已结婚生子，会渐渐忘记她。

假如有来世，她还会在四月撞上你，然后爱上你……

华青早已泪流满面，十年生死两茫茫，不思量，自难忘。他以为早就把苏苏藏在最隐秘的角落，现在才知，她永远像一条蛇盘曲在他心里。

老者给了华青一封信，老者说，苏苏给你的，她说，总有一天你会来的。

华青含着泪读完了信：

青：

这是我今生写给你的最后一封信了，如果有来生，我还会选择与你相遇，然后与你相爱。

当你看到这封信时我已经在天堂了，而我的爱还在你身边陪伴着你。你相信永远吗？我相信。因为爱你，我才会相信有永远，而我留在你眼里心中的是我灿烂的容颜。记得初相遇，我给你念过的白居易的词吗？

当时我们相依在一起看西湖的落日，那一刻，就是你我的永恒。你说过你是大海，我就是那唯一的一条鱼，可是亲爱的人哪，你可知道我是一条流泪的爱情鱼，我的泪流在你的海里，你却看不到，只有我知道我的爱像那条孤独的鱼一样，它已经游不到你的海里去了，因为它游不动了。亲爱的青，苏苏不能和你一起看朝霞落日了，我当了一个逃兵，但却情非得已……

回程的飞机上，华青拿出苏苏的照片来看，照片上的女子那样的年轻，永远地停留在了二十岁。他翻开背面，看见上面写着：江南忆 / 最忆是杭州 / 山寺月中寻桂子 / 郡亭枕上看潮头 / 何日更重游

下面是一行小字："与华青共相思。"

华青的泪如洪水决堤，他知道，这座城市，他是再也不会来了。(烟雨桃花)

一棵桂花树的爱

那些覆盖了我整片床铺的妖娆馨香，
就像那时的我所梦寐的爱情一样。

与他相爱时，我正值十八，大好的豆蔻年华。我梦想着要成为一名红遍大江南北的歌手，于是循规蹈矩，按照老师所说的一步步脚踏实地。

他有些木纳。直到此时，在我心中已有些模糊的他仍是只能用这个词来形容。他从不会在公众场合明目张胆地吻我或在特别的节日买一束玫瑰给我，更不会有烛光晚餐了。他唯一会做的，就是在烈夏时节，为我采来满满一手提袋的米黄色桂花，无枝无叶。

他知道，我喜欢桂花。那些覆盖了我整片床铺的妖娆馨香，就像那时的我所梦寐的爱情一样。

相爱三年后，我也大学毕业了。这三年的时光里，虽说没有任何波澜涌动的回忆，可我还是在临近毕业的那几夜里抱着他哭得稀里哗啦。

其实，我所想要的只是他的一句挽留，一个坚定的承诺。让我彷徨的心能在瞬间得以安定，和他同苦共乐，一起拼搏。可他不但一句多余的话都没有，甚至还怂恿我回家工作。说家中抚养我几年的双亲也已年事过高，万事需要有人照顾。

我再没多说话，按照他的意思，真的回去了。只是，这段在我人生里馨香了三年的爱情，也随之无故地被我抹杀了。我与他说分手的那夜，他仍旧没有多一句挽留的话，只是第一次在电话那头哭得没了声音。

这就是我原本以为会天荒地老的爱情。最后，竟然如此脆弱地夭折了。

颓伤了大半年后，我爱上了一位比我年长五岁的画家。人生的磨难让他有着异于常人的稳重与成熟，而从艺的心又让他生性刚直浪漫。尤其是后者，让我疯狂不已。

当他第一次展出为我悄然而作的一百多幅油画时，我哭得难以自制，毫不犹豫地答应了面前这个双腿稍有不便的男人的求婚。我断定，这就是我此生所要追寻的爱情了。

之后，我默默为他打理好生活中的一切，甘愿做他背后的小女人。而那一个遥远的、要红遍大江南北的旧梦也已俨然成为过去。

几年后，我有了孩子。孩子如我一般，热切地爱着桂花香。丈夫腿脚不灵便，自是不能劳烦他来带孩子。于是，孩子的饮食起居全都落在了我一个人身上。

我开始渐渐明白，作为一位母亲的苦楚，也不由得想起那位一逢烈夏便为我采来满袋桂花的男子，他当时执意要我回来孝敬家中双亲，不就体现着他的善良与成熟吗？可这样的彻悟终是因为时光过境，刹那间出现，又倏然消失了。

孩子站在大片阴凉的桂花树下，久久不愿离去。

“妈妈，我想要一把桂花儿。”孩子扯了扯我的衣服，用渴望的眼神看着我。

我二话不说，取来梯子，仰头摘取。丈夫在内屋不停地笑我，说女儿一定会被我宠坏的。我没多言，因为我心中所想的，只有我的女儿，还有此时正在家中作画的丈夫。我想要尽我所能地多采一些，一部分分给我的女儿，一部分分给我的丈夫。想着一坐就是几个时辰的他，要是有了这些米黄小花做伴，自不会觉得生活索然枯燥了。

于是，当我汗流浃背地把一小捧桂花放到女儿掌心后，便叫她进屋取来手袋，我要多摘一点。

七月的烈日，如火一般炙烤着大地。尽管我站在树荫下，可那灼人的气息还是如此实实在在地撩过了我的身体。那些不争气的汗水顺着我的额头，手臂不停地向下滴落。

大半天后，我扭动着酸疼的脖子向下张望，才发现女儿早已在屋外的长凳上熟睡了。而我手袋中的桂花，才至三分之二。

这些米黄的小花，在每一个枝节上看似簇拥很多，实质只有一点。想要采一小捧，都必须来回越过几十个枝节，一一小心摘取。力道不能过大，要不花瓣会被捏碎。却又不能过小，过小就无法将一个枝节上的桂花在一个举手间全然摘下。

忽然，我想起那个每逢烈夏就给我送来满袋桂花的男子。终于明白在那一日之内，他需要付出过多少汗水与细心呵护。

瞬间，我站在高高的木梯上热泪满面。丈夫在屋内看见，着急地问我怎么了，一边问，一边忙着起身出屋。

我侧过头大声地回答他，是仰头看阳光看的时间太长了，没事儿。

在他坐定后，我看着被汗湿透的薄裙，未满手袋的桂花瓣，再次泪落如雨。

十几年后的今日，我终于懂了，那三年里，木讷的他其实是在用一颗无比细微的心照顾着我，并给予温暖。

那整片整片的桂花树，包括树上的每一个枝节，每一朵花瓣，原来都有着他爱的印记。只是，这爱在我心里就这么迟悟了整整十几年。

十几年的时间，在尘世中的确是无法让沧海成为桑田。却能让一颗本该拥有爱的心，辗转错过了最爱的地点。（佚名）

遇 见

他会偷偷地顶着寒风跑遍整个上海，为她买一本参考书；
他会熬夜至通宵，帮她输入她用铅笔写在草稿上的论文；
他会在伸手不见五指的凌晨爬起来，跑去火车站排队为她买回家的车票；
他会在她心情不好的时候，陪在她身边说故事逗她笑。
类似这样的细节，她可以不吃不眠说上几天几夜。

认识宇是在图书馆，那时她大一，他大三。

她喜欢用铅笔来构思、演算甚至做笔记，也喜欢用橡皮擦去不需要保留的笔迹。这样，一个笔记本她可以反反复复地用上很久。那天晚上，她刚好忘了带橡皮。于是，她用手轻轻地敲了敲坐在旁边的那个男生的桌面。不知是她敲的声音太小，还是他看书太投入，她一连敲了三次，每次敲三下，他才将头从他的书堆里抬起。

“我可以借用一下你的橡皮吗？”她指着他桌上的橡皮小心翼翼地问。

他先是愣了一下，随即微笑着友善地将橡皮递给她。他的笑容很阳光，眼神很明净，让人一眼就可以猜出他是一个不经过任何风浪的人，未曾尝过人情冷暖。

那时她刚开始接触计算机，学习的第一门语言便是C。对于几乎没有碰过计算机的她来说，程序设计无疑不是一件简单的事情。别人调试程序都是在计算机上进行的，而她则是用铅笔来表达她的思想。

她一遍一遍地写，又一遍一遍地擦，直到确保程序的完整与正确，她才跑到别人的计算机上验证。等她将老师布置的作业满意地写好的时候，图书馆就快要关门了，那块橡皮也减少了三分之一。她将橡皮还给他的时候，他的脸上写满了惊讶，那个表情，至今仍清晰地印在她的脑海。

那个晚上，她们一起走回去。在路上，她们很投缘地聊了很多，有如一对失散多年的知己。

就这样，她们认识了。此后，他对她的关爱渗透到她生活每一个微小的细节中。

他会偷偷地顶着寒风跑遍整个上海，为她买一本参考书；他会熬夜至通宵，帮她输入她用铅笔写在草稿上的论文；他会在伸手不见五指的凌晨爬起来，跑去火车站排队为她买回家的车票；他会在她心情不好的时候，陪在她身边说故事逗她笑。类似这样的细节，她可以不吃不眠说上几天几夜。

她并不是一个外表出众的女孩儿，这个世上，有很多东西都可以改变，但出身与外貌除外，也没有必要去改变。所以她很坦然，积极地生活，豁达地待人处世。也许就是因为这样，她身边总会有一些很殷勤的男生。

但是，从来没有一个人走进她的心里。她总是小心而婉转地拒绝他们，从来没有刻意地去伤害过任何人。

宇除外。她没有拒绝他，也没有接受他。她想她是喜欢他的，但她们是两个不同世界里的人，这一点，让她不敢向前多迈一步。她固执地认为在温室里长大的他不能与她共度风雨相守一生。但她没有疏远他，自私地接受他对她的关爱。

于是，她们的关系就始终朦胧着，介于友情与爱情之间。宇从来不追问她是否爱他，也从不介意她连手也不肯给他牵一下，他说会给她时间，等她成长。

她们在一起度过的第一个元旦，宇送给她一个很精致的风铃，中间的吊坠是一颗心。他说风铃声可以帮助入睡。于是，她将它挂在窗前，此后真的没有再失眠。

她大三时，宇毕业了。他放弃了出国深造的机会，也放弃了保研的机会，去了上海一家知名外企。他说他要靠自己的能力在最短的时间内为她打下一片天下，让她过上幸福的生活。

“宇，你该好好为自己考虑一下了，我们是两个不同世界的人，不要因为我错过了你的一生。”

“不，我等你。我会让你过上幸福的生活。”

“宇，不要太执着，两条平行线怎么可能会相交呢?”

“这个世界没有不可能的事情，即使是两条平行线也会有偏离原来方向的一天。”他的目光纯净而坚定，她无言以对。

宇是一个难得的好男孩儿，他该有一个合适的女孩儿做他的妻子，她不想他为了她就这样蹉跎自己的年华。所以刚拿到大学毕业证，她悄悄地踏上了离开上海的火车，没跟任何人打招呼，包括宇和她的好友。她想就这样淡出他的生活，不留一丝一毫。

来到广州，凭借着扎实的基础知识，她幸运地进入一家技术很强的 IT 公司搞软件开发。她忙着适应陌生的环境，也忙着应付高压力的工作，过去的故事慢慢地沉淀下来。

只是在某些特别的日子，她总会自觉不自觉想起那张俊朗的脸，那双纯净的眼，还有他渗透到她生活中每一细节的关爱。

身边的同事朋友开始为她介绍男朋友，她总是不急不慢地回答：“迟些再说。”朋友继续追问她喜欢怎样的男生，她也总是不急不慢地回答：“既可以做朋友又可以做夫妻的。”时间就这样流逝，她的青春也慢慢地凋零。

某天，在下班回家的地铁站，遇到多年不见的师兄。他说家里来了一位特别的客人，硬是拉着她到他家做客，门打开，手中的鲜花忽然落地。命运竟然以这样的方式让多年不见的宇重新站在她的面前。昏暗中，双眼晶亮依然。

“晴。”他的声音沙哑。当年那个曾告诉她即使生活里没有面包、没有阳光，也要拥有微笑的男生流泪了。

她想伸手拭去他眼角的泪，却无法动弹。命运以这种方式让他们再次相遇，可是，过去的却很难回头。

原来，她不曾真正地了解宇，也不曾真正地了解自己。上天曾给予她最好的恩赐，只是她不懂得珍惜，只因她太固执。（Smilings）

鱼眼里的爱情

她发现自己根本就不可能爱上谁了。
这么多年在外，每有宴席必有鱼，可再也没有人把鱼眼夹给她吃了。
她常常在散席离开时回头看一眼满桌的狼藉，与鱼眼对视。

第一次她与男朋友吃饭，哦，不，是以前的男朋友了，是在一家淡水鱼餐馆。

那时，她刚大学毕业，很矜持，话很少，只低低地笑。

一条鱼，一条叫不出名字的鱼，是那天饭桌上的唯一的一个荤菜。鱼身未动，男友先夹起鱼眼放在她的面前："喜欢吃鱼眼吗?"她不喜欢，而且她从来不吃鱼眼，但却不忍拒绝，羞涩地点了点头。

男友告诉她，他很喜欢吃鱼眼，小的时候每次吃鱼的时候，奶奶都把鱼眼夹给他吃，说鱼眼可以明目，可奶奶死了后，再也没有人把鱼眼夹给他吃了。

“其实想想鱼眼也没有什么好吃的，”男友笑着说，“只是从小被奶奶宠惯了，每次吃鱼，鱼眼都要归我。以后，鱼眼都要归你了，让我也宠宠你。”男友深深地凝视着她。

她想不明白，为什么鱼眼代表着宠爱。明不明白无所谓，反正以后只要吃鱼，男友必先把鱼眼夹给她，再无限怜爱地看着她吃。

慢慢地，她习惯了每次吃鱼之前都娇娇地翘起小嘴等着男友把鱼眼夹给她。

分手，是在一个寒冷的冬天。那时男友已在市中心买下了一栋房子打算结婚。她哭着说她不能，不能在这个小城市过一生，她要的生活不是如此。

余下的话她没有说——因为她美貌、富有才华，她不甘心在这个小城市过一辈子，做个小小的公务员，她要如男人一样成功，要做女强人，要实现她年少的梦想。

他送她走的时候，走得很决绝，她连头都没有回一下。

在外面拼搏多年，她的梦想终于实现了，她已经拥有一家像样的公司，可爱情始终以一种寂寞的姿态存在，她发现自己根本就不可能爱上谁了。

这么多年在外，每有宴席必有鱼，可再也没有人把鱼眼夹给她吃了。她常常在散席离开时回头看一眼满桌的狼藉，与鱼眼对视。

一次特别的机会，她回到了她从前生活过的小城。昔日的男友已为人夫，她应邀去原本属于她的房子里吃晚餐。她妻子做了一条鱼，他张罗着让她吃鱼，他夹起一大块细白的鱼肉放在她的碟子里，鱼眼给了他的妻子。

这么多年无论多苦多累都没有掉过眼泪的她，忽然哭了……

(周长鲲)

金枝玉叶的花语

传说中，金枝玉叶的花期很不固定，要么长年不开，要么一开便是一生，
只是浇灌它的那种东西，叫作永恒的爱。

爱上他的时候，她不过是二十岁的女子，眉目宛然，神情安静。

他极其宠她，带她去看夜色秦淮，去看烟波浩渺的玄武湖，去乌衣巷燕子矶，给她买各式各样的小礼物。他喜欢轻轻捏她一笑就皱起来的鼻子，喜欢将她拥在怀里，像抱着一只小猫。

斜风细雨的玄武湖，烟水茫茫。映着水光，他的样子很好看，犹如卷轴里走出来的男子一般儒雅。

有时候，她想，跟着这样的一个男子，一起走到天荒地老，或许是每一个女子心中的梦想吧！尽管，他从未开口向她求过婚。那时

候，她还年轻，常常对自己说，不急，也许等到明年，他就会说了吧！

一年一年，一月一月，走不完的四季。她渐渐老了，有些发慌。他却总是在她的暗示里，淡淡地笑着，不给她答案。她总是在得不到回答的时候，跑去天台，看那些金枝玉叶到底有没有开花。

金枝玉叶，是她每一年生日时，他必定会送的礼物。他会顺便给她买项链、耳环、手镯、香水，却唯独没有给她买过戒指。可他依然还是宠她，带她去南京的大街小巷里，找六朝胭脂的痕迹，珠市南曲的曾经。

第八盆金枝玉叶送来的那天清晨，她赫然在梳子上发现了一根白发。她有些心惊，韶华渐渐消逝，这么多年了，他依然没有开口说要娶她。第九盆金枝玉叶送来的时候，她的心已经一片灰凉。她知道，这一年她依然等不到答案。

她没有再等第十盆金枝玉叶。那个秋天，她抱着第一年他送的那盆花，悄悄地离开了。

她在南京的偏僻角落里住下。九年了。她已经对这座城市太熟悉。那些印记在这座城市之上的深深文化底蕴，也印记在了她的身上，让她再也离不开。

一晃又是一年。

那盆金枝玉叶忽然开始掉叶子了，她心里直发疼，仿佛就连那些跟往事唯一的维系，也要离开她了。她上网去查资料，想查找救治的方法却猛然发现，原来金枝玉叶的花语是：永结同心，血脉相连。

她愣了一下。突然抱着快掉光了的金枝玉叶，止不住啜泣。

原来早在十年前，他便给了她誓言与承诺。只是，她一直并不知晓。

传说中，金枝玉叶的花期很不固定，要么长年不开，要么一开便是一生，只是浇灌它的那种东西，叫作永恒的爱。（荻轩）

图书在版编目（CIP）数据

最美的不是雨天，而是与你躲过雨的屋檐 / 万诗语主编. — 北京 :现代出版社，2015.7（2019.1 重印）
ISBN 978-7-5143-3317-6

Ⅰ. ①最…　Ⅱ. ①万…　Ⅲ. ①散文集-中国-当代
Ⅳ. ①I267

中国版本图书馆 CIP 数据核字（2015）第 049101 号

最美的不是雨天，而是与你躲过雨的屋檐

编　　著	万诗语
责任编辑	赵海燕
出版发行	现代出版社
通讯地址	北京市安定门外安华里 504 号
邮政编码	100011
电　　话	010-64267325　64245264（传真）
网　　址	www.1980xd.com
电子邮箱	xiandai@vip.sina.com
印　　刷	辽宁星海彩色印刷有限公司
开　　本	880 × 1230　1/32
印　　张	8.5
版　　次	2015 年 7 月第 1 版　2019 年 1 月第 2 次印刷
书　　号	ISBN 978-7-5143-3317-6
定　　价	39.80 元

版权声明

我社编辑出版的《最美的不是雨天，而是与你躲过雨的屋檐》，由于无法与部分权利人取得联系，为了尊重作者权益，我方委托北京版权代理有限责任公司向权利人转付稿酬。本书的作者请与北京版权代理有限责任公司联系并领取稿酬。

联系方式如下：

北京版权代理有限责任公司

北京市海淀区知春路 23 号量子银座 1403 房间

邮编：100083

联系人：张艳

电话：133 1133 9559

QQ：603454598

邮箱：603454598@qq.com

现代出版社有限公司